AIRE NOIRE

D'après *The Sour Lemon Score* de

RICHARD STARK

Scénario

DOUG HEADLINE

Dessin et couleurs

KIERAN

PARKER
LA PROIE

Greetings from
CED
FA

AR
LS
1969
Iowa

UN.

NATIONAL AND SAVINGS
BANK
BRINK'S
SECURITY SINCE 1859

Parker entra le dernier dans la banque.
Lui et les autres planifiaient ce coup depuis trois semaines. Leur rôle, ils le connaissaient tous à fond.
Les pièces étaient dans les sacs en toile de jute grise.
Les billets, dans le coffre vert olive.
Phil Andrews était le seul à porter un déguisement.
Tous les autres étaient déjà fichés, avec des mandats d'arrêt sur leur tête.
LOTTERY
Un casse de plus ou de moins ne ferait guère de différence si jamais ils étaient pris.

Parker avait travaillé plusieurs fois avec Benny Weiss et Phil Andrews. Le seul qu'il ne connaissait pas était un dénommé George Uhl.
C'est Weiss qui l'avait amené et s'était porté garant. Uhl devait les attendre devant la banque, au volant de la voiture.
Mais Uhl était nerveux, et Parker n'aimait pas ça. C'était le chauffeur et on devait pouvoir compter sur lui.
NO PARKING
Alors Weiss se donnait du mal pour rassurer Uhl et le calmer.
T'INQUIÈTE PAS, GEORGE. PHIL SAIT CE QU'IL FAIT. C'EST UN BON GARS.
TU VAS TENIR LE COUP, LÀ ?
VOUS ME PRENEZ POUR UN AMATEUR ?
JE NE VEUX PAS RESSORTIR DE CETTE BANQUE ET ME RETROUVER SANS BAGNOLE.
J'EN SUIS À MON CINQUIÈME OU SIXIÈME COUP.
J'AI MÊME FAIT LE CHAUFFEUR POUR MATT ROSE, BON DIEU !
JE SUE BEAUCOUP C'EST TOUT.
ÇA NE VEUT RIEN DIRE.
Arriva Andrews, le plus rare des oiseaux rares, un pro qui en quinze ans n'était jamais tombé.
C'EST TOUT BON !
ÇA VA. J'AI EU LE TRAC PENDANT UN INSTANT. ÇA NE VOUS ARRIVE JAMAIS ?
JAMAIS.
JE NE VEUX PAS PERTURBER VOTRE ÉQUIPE, PARKER.
TU L'AS DIT. CE SERAIT STUPIDE.
LES VOILÀ.
ALLEZ, SI ON VEUT FAIRE CE TRUC, FAUT Y ALLER.
BRINKS

Parker ne croyait pas
à la chance, bonne ou mauvaise.
Il ne croyait qu'aux types
qui connaissaient leur boulot
et le faisaient bien.
Benny Weiss était de ceux-là et,
au bout du compte, Parker lui avait
fait confiance pour George Uhl.
Pour sa part, Parker devait rejoindre
le gardien et lui demander :
IL Y A
UN NOTAIRE,
À L'AGENCE ?
VOUS VOULEZ
OUVRIR UN...
Le bruit de l'explosion fila
un mal de crâne à tout le monde,
puis les flammes bondirent.
BOOM
THUNG
LOTTERY
NE JOUEZ PAS
LES HÉROS !

RATATATAT
C'EST UN HOLD-UP ! PERSONNE NE BOUGE ! ON NE BOUGE PLUS !
HÉ, TOI ! PAR ICI !
De son côté, Uhl suivait le plan.
PSSSHHT
BRINI
POSEZ LE COFFRE ! MAINTENANT, PAR LÀ. LES MAINS SUR LA TÊTE.
Les convoyeurs de fonds avaient du métier, assez pour savoir quand se tenir à carreau. Aucun des deux ne tenta de sortir son arme.
VOUS AUSSI.
ATTENDEZ ! VOUS NE POUVEZ PAS...

PLUS VITE, LE NAIN !
Parker pouvait voir de la fumée par la porte vitrée. Uhl avait fait sa part.
La fumée grasse et noire enveloppait la rue.
Cela prit quelques secondes à Parker pour distinguer l'avant de l'arrière de la voiture, puis il plongea à l'intérieur avec le coffre.
PLYMOUTH
Andrews s'engouffra derrière lui. Puis Weiss surgit du nuage opaque et, à tâtons, sauta à bord.

Uhl s'arracha à la fumée comme si le bon dieu en personne l'avait prévenu qu'aucun obstacle ne lui barrerait la route !
Et il n'en trouva aucun.
Uhl avait si souvent répété son rôle qu'il aurait pu conduire les yeux fermés.
Il était dix heures vingt du matin, une heure creuse pour la circulation. Ils pouvaient rouler aussi vite qu'ils le voulaient.

COMBIEN, À TON AVIS ?
PEUT-ÊTRE QUARANTE. PEUT-ÊTRE SOIXANTE. PEUT-ÊTRE UN PEU PLUS.
PAS TROP MAL, POUR UNE MATINÉE DE BOULOT.
FAITES SAUTER LA SERRURE, QU'ON VOIE COMBIEN IL Y A.
QUAND ON SERA À LA FERME.
POURQUOI PAS TOUT DE SUITE ?
GEORGE, ET SI LA BALLE RICOCHE DANS LA VOITURE ? T'AS PERDU LA TÊTE ?
OH. OUAIS...
Wiiii
iiooW
Wiiiiiiiii
ILS VONT À LA BANQUE.
TROP TARD. TOUT L'ARGENT S'EST ENVOLÉ.
Ils avaient planqué leur bagnole de rechange à huit cents mètres de là. Ensuite, dix minutes de route jusqu'à la ferme. Une fois là-haut, ils attendraient que ça se tasse.

La ferme était grise, petite, vieille, branlante et usée par le vent et la pluie. Elle était perchée au sommet d'une colline dénudée. Le chemin de terre au bas de la colline allait se perdre on ne sait où.

Uhl grimpa la colline en seconde, pour que les pneus ne laissent pas de traces de dérapage dans l'herbe.
ON Y EST, ON S'EN EST TIRÉS.
FAUX.
ON S'EN SERA TIRÉS QUAND LE DERNIER FLIC AURA CESSÉ DE NOUS CHERCHER ET SE COLLERA SUR UNE AUTRE AFFAIRE. TU ES PRÊT, PARKER ?
ALLONS-Y !

« FLASH SPÉCIAL. LA BANQUE NATIONALE DES ÉPARGNANTS SUR LAUREL AVENUE A ÉTÉ CAMBRIOLÉE CE MATIN ET UNE SOMME DE PRÈS DE TRENTE-TROIS MILLE DOLLARS Y A ÉTÉ VOLÉE. LORS D'UN AUDACIEUX HOLD-UP EN PLEIN JOUR, QUATRE HOMMES... »
TRENTE-TROIS MILLE ?
CHUT !
Le présentateur poursuivit, égrenant tous les pires clichés journalistiques, et termina en annonçant que les autorités prévoyaient d'opérer très vite plusieurs arrestations.
Uhl baissa le son de la radio.
TRENTE-TROIS MILLE. HUIT MILLE MALHEUREUX DOLLARS CHACUN.
ON SAVAIT QUE CE NE SERAIT PEUT-ÊTRE PAS LOURD. HUIT MILLE, C'EST DÉJÀ PAS SI MAL. SURTOUT POUR UNE MATINÉE DE BOULOT.
UNE MATINÉE DE BOULOT ? TROIS SEMAINES DE TRAVAIL, TU VEUX DIRE, ET UNE SACRÉE PRISE DE RISQUE, ET TOUT ÇA POUR QUOI ? HUIT MILLE MALHEUREUX DOLLARS.
TU PEUX ME FILER TA PART, SI T'EN VEUX PAS.
FERME-LA, GEORGE.
SI ON L'OUVRAIT ? PEUT-ÊTRE QU'ILS SE SONT TROMPÉS SUR LE COMPTE.
ILS NE SE TROMPENT PAS ET TU LE SAIS. MAIS VAS-Y, OUVRE-LE. AUTANT LE VOIR POUR DE BON, CE FRIC.

KLONG
KLONG
KLONG
KLONG
KLING
LES BILLETS DE UN ET DE CINQ SONT TOUT NEUFS. IL FAUDRA LES LAISSER.
T'AS D'AUTRES BONNES NOUVELLES ?
ÇA NE CHIFFRERA PAS BEAUCOUP.
VOUS SAVEZ QUOI ? JE PARIE QUE LE TEMPS QU'ON REDESCENDE D'ICI, DANS DEUX OU TROIS JOURS, LE GOUVERNEMENT AURA DÉVALUÉ LE DOLLAR. IL Y A COMBIEN EN BILLETS DE UN ET DE CINQ ?
MILLE DOLLARS, JE DIRAIS.
ENCORE DEUX CENT CINQUANTE DOLLARS DE FOUTUS.
BANG
Et Uhl lui tira une balle dans la tête.

Parker entendait des détonations derrière lui, mais il ne pouvait pas savoir si c'était lui qu'on visait.
PAK
THUNG
PAK
PAK
PAK
MERDE !
Les coups de feu avaient cessé. Parker resta à l'abri quelques secondes encore.
Il aperçut son revolver sous la fenêtre. L'arme avait dû tomber quand il s'était jeté à terre.

Uhl n'avait pas encore vu le revolver. Trop de problèmes à régler. Mais il finirait par le voir et alors, il sortirait de la maison et se lancerait aux trousses de Parker.
Andrews devait être mort. Weiss, lui, c'était sûr.
Si Parker pouvait entrer dans la grange, grimper dans une des voitures, se tenir prêt à foncer sur Uhl, il pourrait avoir sa chance.
Mais la seule fenêtre qu'il voyait était hors d'atteinte.
Tout allait de travers. Avec tout ce terrain à découvert autour de la grange, impossible de se faufiler en douce jusqu'à Uhl.
PARKER ! VOUS OUBLIEZ VOTRE REVOLVER !
REVENEZ LE CHERCHER !
Parker se remit à courir.

Il entendait les balles passer au-dessus de sa tête et déchirer le feuillage.
Dans les buissons, il était plus difficile à distinguer et le tronc des arbres le protégeait.
Il faisait plus frais, plus humide, plus sombre sous les arbres.
Parker écouta et n'entendit plus rien.
Uhl oserait-il s'enfoncer jusqu'ici pour le tuer ? S'il se ramenait dans ces bois, ils se retrouveraient presque à armes égales.
Parker revint doucement sur ses pas. Il voulait savoir ce que fabriquait Uhl.
Il entendit un moteur démarrer.

Uhl ne traînait plus à présent, il se barrait avec le fric.
Mais tout à coup, il se précipita dans la grange. Pourquoi cette urgence ? Qu'est-ce qu'il fichait ?
Parker ne pouvait que rester planté là à attendre de voir ce que Uhl allait faire.
De la fumée ! Le fils de pute avait mis le feu à la maison !
Parker sortit des bois en courant. S'il arrivait en haut de la colline avant que Uhl n'ait terminé, il aurait une chance de l'arrêter.
Mais il n'en eut pas le temps.
ROAAR
Les flammes consumaient la maison à toute vitesse.
Quand la voiture explosa dans la grange, l'onde de choc le projeta au sol.

La nuit. Le feu était depuis longtemps éteint, mais des lumières brillaient encore au sommet de la colline. On avait disposé des lampes à arc tout autour du périmètre de l'incendie, braquées vers la maison, jetant une lumière crue et blanche sur les ruines, comme les rampes de néon d'un stade éclairant un match en nocturne.
Sous cette lumière, des hommes allaient et venaient comme les figurants d'un film, sans qu'il fût possible d'imaginer un motif rationnel à cette activité. On aurait dit qu'un réalisateur fou leur avait demandé de déambuler de long en large, ce qu'ils faisaient tous, même si aucun d'entre eux ne pouvait imaginer à quoi tout cela servait.
SHERIFF
CEDAR FALLS

Il faisait froid
à présent, et encore
plus humide dans
ces bois.
L'attente avait été
longue et ce n'était
pas terminé.
Après que l'explosion de la Mercury
eut dispersé les flammes tout autour
de la grange...
... Parker était revenu à
lui et s'était remis debout
en titubant.
L'incendie avait enveloppé le sommet
de la colline dans une clarté orange.
Il était resté planté là
devant la scène, la chaleur
séchant la sueur sur son visage.
Puis il s'était mis à courir
à travers les flammes et avait
redescendu la pente.

Parker savait que pompiers et secouristes allaient rapidement intervenir pour arrêter l'incendie.
EXPIRES ON BIRTHDAY
CALIFORNIA LICENSE
1969
Charles Frank Willis
513 Garnet St.,
Redondo Beach, Calif.
Feb 11 1929
MUST BE CARRIED WHEN OPERATING A MOTOR VEHICLE AND WHEN APPLYING FOR RENEWAL
Un type en costume et chemise blanche avec de faux papiers d'identité ne pouvait pas se permettre qu'on le retrouve là, à côté de deux cadavres incendiés, une demi-heure après un cambriolage à dix-huit kilomètres de là.
Alors il s'était frayé un chemin plus loin dans les bois, avait franchi un ruisseau peu profond, à l'eau vive et glaciale, puis s'était trouvé un coin herbeux et sec où s'asseoir et patienter.
Il avait entendu les sirènes arriver de loin. Bientôt, les pompiers grouillaient sur la colline, pareils à des fourmis. Des autos circulaient, d'autres camions arrivaient, des hommes se remuaient et, peu avant le crépuscule, un hélicoptère était descendu du ciel en bourdonnant puis y était remonté.
Il était désormais minuit passé, et ils étaient toujours là.
Parker savait s'armer de patience, mais ça, c'était une attente de la pire espèce. Il se sentait fourbu et glacé, l'air était humide, il n'avait rien mangé depuis avant le braquage, et il n'avait aucun moyen de savoir combien de temps encore il allait devoir rester planté là.
D'une certaine façon, qu'ils mettent tout ce temps, ça agaçait Parker, parce que ça le retardait. Mais d'un autre côté, ce n'était pas si mal, parce que ça voulait dire que Uhl et l'argent étaient toujours dans le secteur, et qu'il pourrait les coincer.

Enfin, il ne resta plus aucune lumière à part les phares d'une poignée d'autos et de camions, et puis ceux-là aussi s'éloignèrent et disparurent, et il n'y eut plus que la nuit noire.
Au loin, il aperçut dans le ciel le dôme de lumière pâle qui englobait la ville.
Ça ne lui plaisait guère de devoir retourner vers la ville où ils avaient braqué la banque, mais c'était la seule assez proche pour qu'il la rejoigne à pied.
Il se mit en marche.

Diner
CARS
Trois minutes plus tard, Parker filait à nouveau sur l'autoroute.

Il roula vers l'est pendant sept heures à travers trois États. Une fois à plus de 750 km du braquage, il choisit une sortie et entra dans une ville de taille moyenne.

EVELAND
Parker s'enregistra sous le nom de Thomas Lynch, de Newark, New Jersey. Un simple coup de fil aurait suffi à prouver que ses papiers étaient faux.
TELEGRAM
Il lui restait neuf dollars en poche. Il envoya un télégramme à Claire, sa compagne, à la Nouvelle-Orléans.
WESTERN UNION
TELEGRAM
transfer $500 via Western Union Alderbar hotel Tom
S'AUTODÉTRUIRA DANS LES CINQ SECONDES... BONNE CHANCE, JIM...
Après le dîner, il regarda un moment la TV, puis il s'endormit.
IQUOR
ANTIQU
Le matin suivant, il récupéra ses cinq cents dollars au guichet de la Western Union.

PUIS-JE VOUS AIDER ?
JE M'INTÉRESSE AUX ARMES A FEU.
AUX ARMES DE COLLECTION ?
JE VIENS DE LA PART D'UN DE VOS CLIENTS. ALAN GROFIELD.
AH, L'ACTEUR ! J'AI DE BONS SOUVENIRS DE LUI. UN JEUNE HOMME CHARMANT.
ALORS VOUS DÉSIREZ VOIR NOTRE MATÉRIEL SPÉCIAL ?
C'EST EXACT.
DE QUOI AURIEZ-VOUS BESOIN ?
DE REVOLVERS. DEUX. LES MÊMES, SI POSSIBLE.
PAS DE PLUS GROS CALIBRE ?
PAS IDENTIQUES, NON.
COMBIEN ?
CENT DOLLARS LES DEUX ? AVEC UNE BOÎTE DE CARTOUCHES EN PRIME ?
C'EST PARFAIT.
JE VOUS ATTACHE LES BOÎTES ENSEMBLE ?
ENTENDU, MAIS FAITES ÇA DEVANT MOI.

OH, JE COMPRENDS ! BIEN SÛR.
JE NE VOUS AURAIS PAS DONNÉ DES BOÎTES VIDES.
TÔT OU TARD, VOUS VOUS EN SERIEZ APERÇU ET VOUS SERIEZ REVENU.
ET OÙ DIABLE EST-CE QUE JE POURRAIS ALLER, À PART ICI ?
LES GENS DANS MON GENRE, QUI N'ONT NULLE PART OÙ ALLER, ON PEUT SE FIER À EUX.
VOUS SAVEZ OÙ JE PEUX ME PROCURER UNE VOITURE ? EN TOUTE DISCRÉTION ?
OUI, IL Y A UN ENDROIT FIABLE POUR CE GENRE DE CHOSES. PAS LOIN D'ICI.
VOUS POUVEZ LES APPELER ET LEUR DIRE QUE JE VAIS PASSER ?
HOTEL
THEATRE
T.V.

La voiture était une Pontiac vieille de deux ans, accidentée et cabossée, mais ses plaques étaient propres et c'était tout ce qui l'intéressait.
Il décida de ne pas repasser à l'hôtel. Il n'avait rien laissé là-bas qui lui appartenait et ça n'avait pas de sens de perdre du temps juste pour régler sa note.
Peu avant d'atteindre l'autoroute de l'Ohio, Parker se rangea sur le bas-côté, sortit de la voiture et tira deux cartouches avec chacun des revolvers. Tous deux fonctionnaient bien.

À présent, il s'agissait de retrouver Uhl.

DEUX.

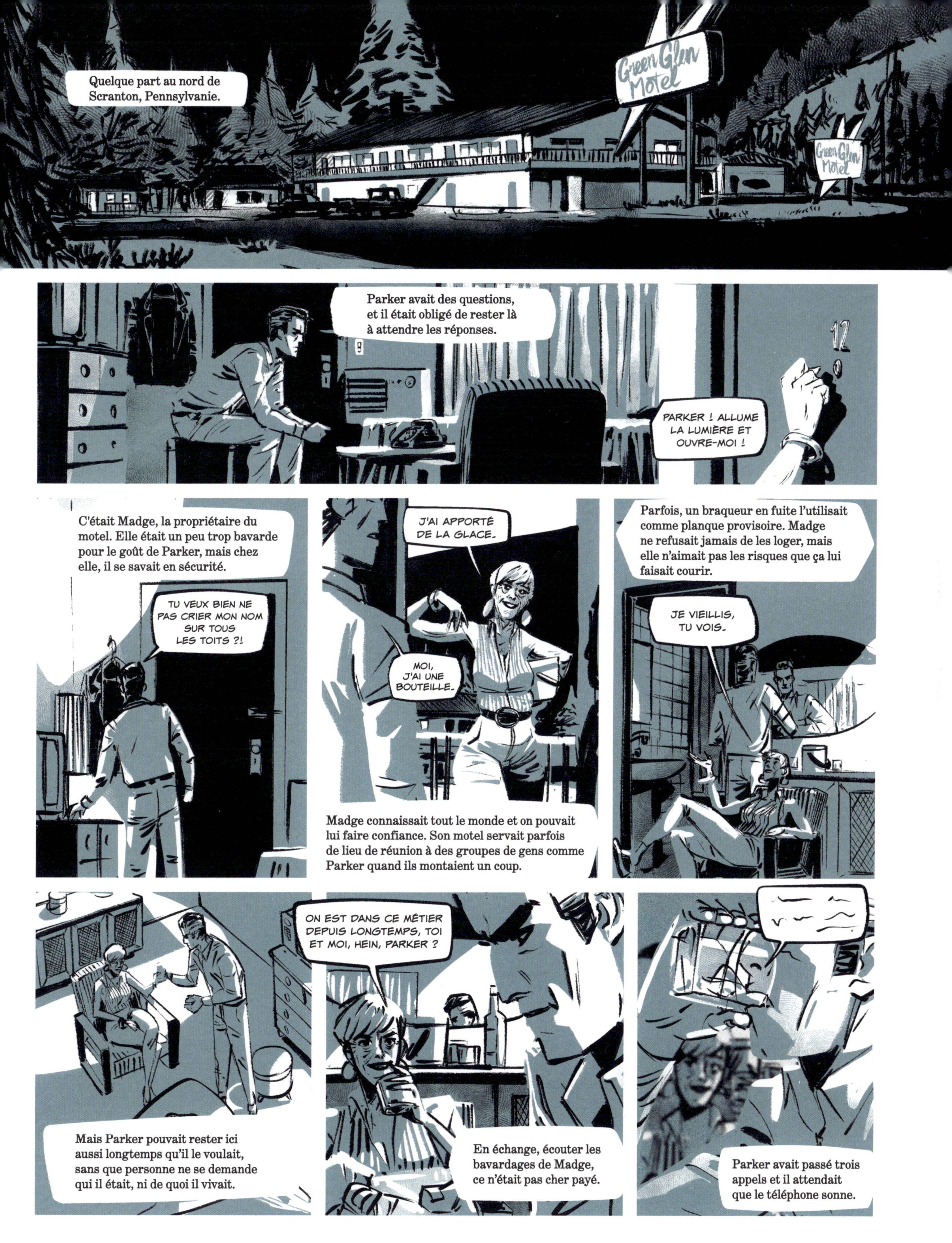

Quelque part au nord de Scranton, Pennsylvanie.
Green Glen Motel
Green Glen Motel
Parker avait des questions, et il était obligé de rester là à attendre les réponses.
12
PARKER ! ALLUME LA LUMIÈRE ET OUVRE-MOI !
C'était Madge, la propriétaire du motel. Elle était un peu trop bavarde pour le goût de Parker, mais chez elle, il se savait en sécurité.
TU VEUX BIEN NE PAS CRIER MON NOM SUR TOUS LES TOITS ?!
J'AI APPORTÉ DE LA GLACE.
MOI, J'AI UNE BOUTEILLE.
Madge connaissait tout le monde et on pouvait lui faire confiance. Son motel servait parfois de lieu de réunion à des groupes de gens comme Parker quand ils montaient un coup.
Parfois, un braqueur en fuite l'utilisait comme planque provisoire. Madge ne refusait jamais de les loger, mais elle n'aimait pas les risques que ça lui faisait courir.
JE VIEILLIS, TU VOIS.
Mais Parker pouvait rester ici aussi longtemps qu'il le voulait, sans que personne ne se demande qui il était, ni de quoi il vivait.
ON EST DANS CE MÉTIER DEPUIS LONGTEMPS, TOI ET MOI, HEIN, PARKER ?
En échange, écouter les bavardages de Madge, ce n'était pas cher payé.
Parker avait passé trois appels et il attendait que le téléphone sonne.

TU SAIS, JE N'Y PENSAIS PLUS, MAIS J'AI DE L'ARGENT À TOI.
HANDY MCKAY ET TOI, VOUS ÊTES PASSÉS PAR ICI IL Y A BIEN QUATRE ANS DE ÇA, AVEC DES BIJOUX...
C'EST VRAI. J'AVAIS OUBLIÉ ÇA, MOI AUSSI.
TA PART, C'EST DEUX MILLE DEUX CENTS DOLLARS. JE L'AI DANS LE COFFRE DU BUREAU. TU LA VEUX ?
GARDE-LA. COMME ÇA TU POURRAS LA DÉDUIRE DE MA NOTE.
ENTENDU, ALORS.
Parker se souvenait de ces bijoux, résultat imprévu d'un vieux compte à régler entre lui et un dénommé Bronson, un ponte du syndicat du crime appelé l'Organisation. Bronson avait placé un contrat sur la tête de Parker et Parker et Handy McKay n'avaient pas manqué de lui causer des ennuis en retour.
B
Tous les deux étaient venus se planquer ici après en avoir terminé avec Bronson. Madge avait accepté de fourguer pour leur compte les bijoux trouvés par Handy dans le coffre de Bronson. Et ensuite, Parker n'y avait plus repensé.
ET HANDY ? TU CROIS QUE JE DEVRAIS LUI ENVOYER SA PART ?
Garder du cash planqué dans des endroits sûrs à travers le pays, c'était très utile. On ne pouvait jamais savoir quand on en aurait besoin.
IL DOIT M'APPELER. JE LUI DEMANDERAI. IL A PRIS SA RETRAITE.
JE LE SAIS, QU'IL A PRIS SA RETRAITE ! BON DIEU, ESSAYER DE TE FAIRE CAUSER, C'EST PLUS DIFFICILE QUE D'ARRACHER DES DENTS À UN MÔME. DIS-MOI CE QU'IL FAIT, COMMENT IL VA. PARLE-MOI, PARKER, BON SANG !
BZZZZ

ÇA A DONNÉ QUOI ?
RIEN. UN OU DEUX GARS ONT ENTENDU PARLER DE UHL, MAIS PERSONNE N'A TRAVAILLÉ AVEC LUI, NI AVEC MATT ROSE, OU NE SAIT COMMENT LES CONTACTER. J'IGNORE POURQUOI TU LES CHERCHES, CES DEUX-LÀ, MAIS...
C'EST UNE SITUATION UN PEU DÉLICATE.
EH BIEN, DÉSOLÉ DE N'AVOIR PU T'AIDER.
PAS DE PROBLÈME.
TU CHERCHES QUELQU'UN ? TU N'AS QU'À ME DEMANDER, PARKER. VAS-Y, DEMANDE.
GEORGE UHL.
UHL ? GEORGE UHL ? CE DOIT ÊTRE UN NOUVEAU VENU.
PLUTÔT, OUI. IL A DIT QU'IL AVAIT TRAVAILLÉ SIX FOIS. DONT UNE FOIS AVEC MATT ROSE.
À L'ÉCOUTER, CE ROSE EST UN AS, MAIS JE N'AVAIS JAMAIS ENTENDU SON NOM AVANT.
ÇA NE M'ÉTONNE PAS DU TOUT. TON MATT ROSE, JE LE CONNAIS. JAMAIS TU NE CROISERAIS SON CHEMIN. VOUS N'ÊTES PAS DE LA MÊME TREMPE.
PARLE-MOI DE LUI.

C'EST UN CHAROGNARD. IL FAIT LES BOULOTS DONT PERSONNE NE VEUT. IL A PARTICIPÉ À DES KIDNAPPINGS, À DE LA CONTREBANDE DE WHISKY...
IL PREND TOUT CE QU'IL PEUT. C'EST UN SAUVAGE, UN VRAI SAUVAGE. LA PLUPART DES TYPES INTELLIGENTS NE VEULENT PAS TRAVAILLER AVEC LUI.
SI CE GEORGE UHL PENSE QUE MATT ROSE EST UN AS, ÇA EN DIT LONG SUR LUI. PAR EXEMPLE, QUE TU FERAIS MIEUX DE NE PAS BOSSER AVEC LUI.
TROP TARD POUR ÇA. IL EST VENU, RECOMMANDÉ PAR BENNY WEISS.
TOUT LE MONDE PEUT FAIRE UNE ERREUR.
TU SAIS OÙ JE PEUX TROUVER ROSE ?
DÉSOLÉE, JE NE SAIS PAS COMMENT LE JOINDRE, NI MÊME QUI SAURAIT...
RING
RING
RING
C'EST HANDY ?
C'EST HANDY, OUI.
TU AS TROUVÉ QUELQUE CHOSE ?
PAS SUR UHL. IL EST TROP NOVICE, J'IMAGINE.
MAIS J'AI DES TUYAUX SUR MATT ROSE.
OÙ EST-IL ?
IL EST COMME TOI. ON NE LE CONTACTE PAS DIRECTEMENT.
TOUT COMME CEUX QUI ONT UN MESSAGE À TE FAIRE PASSER S'ADRESSENT À MOI, CEUX QUI ONT UN MESSAGE POUR ROSE PASSENT PAR UN AUTRE TYPE.
QUI ?

UN NOMMÉ BROCK, À NEW YORK. PAUL BROCK. IL TIENT UN MAGASIN DE DISQUES LÀ-BAS.
C'EST TOUT CE QUE J'AI.
C'EST UN DÉBUT. ATTENDS UNE SECONDE.
DIS-LUI, POUR L'ARGENT.
MADGE DIT QU'ELLE A DEUX MILLE DEUX CENTS DOLLARS À TOI. TU TE SOUVIENS DES BIJOUX QU'ON A PRIS À BRONSON, L'AUTRE FOIS ?
MINCE ALORS, OUI ! JE LES AVAIS OUBLIÉS.
ELLE DEMANDE SI ELLE DOIT T'ENVOYER L'ARGENT OU SI ELLE TE LE GARDE ICI.
QU'ELLE L'ENVOIE.
ANDY'S DINER
TU NE PRÉFÈRES PAS LE LAISSER AU FRAIS ?
POURQUOI JE VOUDRAIS LE LAISSER AU FRAIS ? JE NE VAIS NULLE PART.
JE TIENS UN RESTAURANT DANS LE MAINE MAINTENANT PARKER. C'EST ÇA MA VIE.
ENTENDU, JE LE DIS À MADGE. MERCI DU TUYAU POUR ROSE.
À TON SERVICE.
ENVOIE-LUI SON ARGENT. JE M'EN VAIS DEMAIN MATIN.
DIS À ETHEL DE ME RÉVEILLER À HUIT HEURES.
TU ES VRAIMENT EN ROGNE APRÈS CE TYPE, UHL.
TU SAIS QUEL A TOUJOURS ÉTÉ TON PLUS GRAND DÉFAUT, PARKER ? TU PARLES TROP.
CLIC !
Au matin, il partit pour New York.

Bleecker Street, Greenwich Village, New York. 11h15.
DISC O DELIA RECORD SHOP
2$ FOR 3
JE CHERCHE PAUL BROCK.
IL N'EST PAS LÀ LE MATIN. REVENEZ VERS DEUX HEURES, DEUX HEURES ET DEMIE.
JE SUIS PRESSÉ. JE VAIS PASSER LE VOIR CHEZ LUI.
D'AC.
QU'EST-CE QU'IL Y A ?
SON ADRESSE.
JE NE PEUX PAS VOUS DONNER L'ADRESSE DE PAUL. JE PENSAIS QUE VOUS L'AVIEZ.
SI JE L'AVAIS, JE NE VOUS LA DEMANDERAIS PAS.
MARVIN GAYE
JE NE PEUX PAS VOUS LA DONNER. IL ME VIRERAIT SI JE DONNAIS SON ADRESSE À TOUT LE MONDE.
VOUS CONNAISSEZ SON NUMÉRO ?
BIEN SÛR.
APPELEZ-LE. DITES-LUI QU'IL Y A UN GARS QUI VEUT LUI PARLER DE MATT.
OUBLIEZ ÇA. J'AI DU TRAVAIL. REVENEZ PLUS TARD.
NE PLAISANTE PAS AVEC DES CHOSES QUE TU NE COMPRENDS PAS.
ÇA VEUT DIRE QUOI, ÇA ?
PEUT-ÊTRE QUE BROCK NE SERA PAS TRÈS CONTENT QUE TU M'AIES FAIT PERDRE MON TEMPS. PEUT-ÊTRE QUE TU FERAIS MIEUX DE L'APPELER.
OK, OK, ON VA BIEN VOIR CE QU'IL DIRA.

PAUL ? ARTIE. ÉCOUTE, IL Y A UN TYPE QUI TE CHERCHE. IL VEUT QUE JE LUI DONNE TON ADRESSE...
JE NE SAIS PAS, JE NE L'AI JAMAIS VU AVANT...
TOUT CE QUE JE SAIS, C'EST CE QUE JE T'AI DIT.
NE DIS PAS DE MENSONGES.
AÏE !! VOUS FAITES QUOI, LÀ ? VOUS ÊTES CINGLÉ ?
JE T'AI DIT QUE C'ÉTAIT À PROPOS DE MATT. TU AURAIS DÛ LE DIRE À BROCK.
ÇA FAIT MAL BON DIEU !
BROCK ?
ALLÔ ? ARTIE ? MAIS QU'EST-CE QUI SE PASSE ?
JE VEUX VOUS PARLER DE MATT.
QUI PARLE ? OÙ EST ARTIE ?
JE SUIS PRESSÉ, ALORS J'AI PENSÉ VENIR VOUS PARLER CHEZ VOUS.
PARLER ? DE QUOI ? MAIS QUI ÊTES-VOUS, AU NOM DU CIEL ?
PARLER DE MATT.
MATT ??? MATT QUI ?
MATT ROSE. VOUS VOULEZ PLUS DE DÉTAILS ?
NON.
NON. J'AI SAISI.
Dans la minute qui suivit, Brock donna son adresse à Parker. C'était dans une rue voisine.
VOUS N'ÉTIEZ PAS OBLIGÉ DE JOUER LES DURS.
NI TOI DE FAIRE LE MARIOLE.

Parker entra dans ce que les magazines de décoration choisiraient comme modèle de l'appartement masculin idéal.
JE SUIS DANS LA MÊME BRANCHE QUE MATT ROSE. IL NE ME CONNAÎT PAS, MAIS ON A DES RELATIONS EN COMMUN.
IL Y A UN TYPE QUE JE CHERCHE. JE SAIS QU'IL A TRAVAILLÉ AVEC ROSE, UNE FOIS.
ET COMMENT S'APPELLE CET HOMME QUE VOUS CHERCHEZ ?
GEORGE UHL. U-H-L.
CE NOM NE ME DIT RIEN, MAIS JE NE CONNAIS PAS TOUS LES AMIS DE MATT.
JE VAIS PASSER UN COUP DE FIL, ET ENSUITE NOUS ATTENDRONS QUE MATT RAPPELLE. ÇA VOUS VA ?
J'ATTENDRAI.

Parker attendit en silence, dans le fauteuil.
Il entendait la voix indistincte de Brock, parlant au téléphone.
COMMENT AIMEZ-VOUS VOTRE CAFÉ ?
NOIR.
C'était à nouveau comme chez Madge...
... Parker était forcé d'attendre un coup de fil... coincé dans l'idée que quelqu'un d'autre se faisait d'un agréable moment en société.
ARTIE M'A RAPPELÉ, VOUS SAVEZ, UNE FOIS QUE VOUS AVEZ QUITTÉ LA BOUTIQUE.
IL M'A DIT QUE VOUS LUI AVIEZ PINCÉ LE NEZ. QUELLE ÉTRANGE IDÉE !
... MAGASIN DE DISQUES... MÉTÉO... CLIENTS...
HM, HM...
La conversation, le café chaud, la pièce surchargée, le bruit de la pluie à l'extérieur... Tout ça était soporifique. Parker laissa son corps se détendre.
EXCUSEZ-MOI. J'EN AI POUR UN INSTANT.

Le son de la pluie se transformait en murmure, une sensation de chaleur gagnait son estomac, ses paupières commençaient à tomber...
Le vertige lui brouillait les idées.
Quand il comprit qu'on l'avait drogué, il était trop tard pour réagir.
Dans un tourbillon de brume, la nuit se referma sur lui et il tomba, tomba... Bien avant qu'il ne heurte le sol, l'obscurité l'avait déjà enveloppé d'une chape de laine noire.

Il flottait. Flottait. Dans le bleu, le bleu et le noir.
Au fond de l'océan. Dans l'espace, entre les étoiles.
Il flottait doucement. Tournoyant sans fin. Lentement.
De minuscules lumières clignotantes, à des millions de kilomètres.
VOUS M'ENTENDEZ ?
Irritation. Une déchirure dans le tissu. Mais toujours le flottement.
Répondre. Plus facile comme ça.
OUI.
QUE VOULEZ-VOUS À GEORGE UHL ?
DE L'ARGENT.
QUEL ARGENT ?
MON ARGENT. NOTRE ARGENT.
GEORGE UHL A DE L'ARGENT QUI VOUS APPARTIENT ?
OUI.

COMMENT A-T-IL OBTENU VOTRE ARGENT ?
IL NOUS A DOUBLÉS.
AU COURS D'UN CASSE ?
OUI.
PARLEZ-MOI DU CASSE.
Question compliquée. Irritation. Douleur.
BANQUE. QUATRE HOMMES. BENNY WEISS. PHIL ANDREWS. GEORGE UHL. TRENTE-TROIS MILLE DOLLARS. UHL A TIRÉ SUR WEISS. TIRÉ SUR ANDREWS. IL A BRÛLÉ LA MAISON.
IL SAIT QUE VOUS ÊTES TOUJOURS EN VIE ?
OUI.
VOUS SAVEZ OÙ SE TROUVE GEORGE UHL ?
NON.
VOUS SAVEZ COMMENT LE RETROUVER ?
MATT ROSE. DEMANDER À MATT ROSE.
UN AUTRE MOYEN ?
NON.

ALORS ROSE EST LA SEULE PISTE QUE VOUS AVEZ ?
OUI.
ÊTES-VOUS UNE MENACE POUR ROSE ?
NON.
POUVEZ-VOUS TROUVER UHL SI ROSE NE VOUS AIDE PAS ?
NON. PEUT-ÊTRE. PEUT-ÊTRE AUTREMENT.
COMMENT ?
JE NE SAIS PAS.
QUE FEREZ-VOUS SI VOUS NE TROUVEZ PAS UHL ?
AUTRE CHOSE.
PARFAIT. AU REVOIR, M. PARKER.
Il flottait dans le bleu.
Bleu et noir. Plus profond.
S’enfoncer dans le noir.
Couler. S’éteindre. Disparaître.

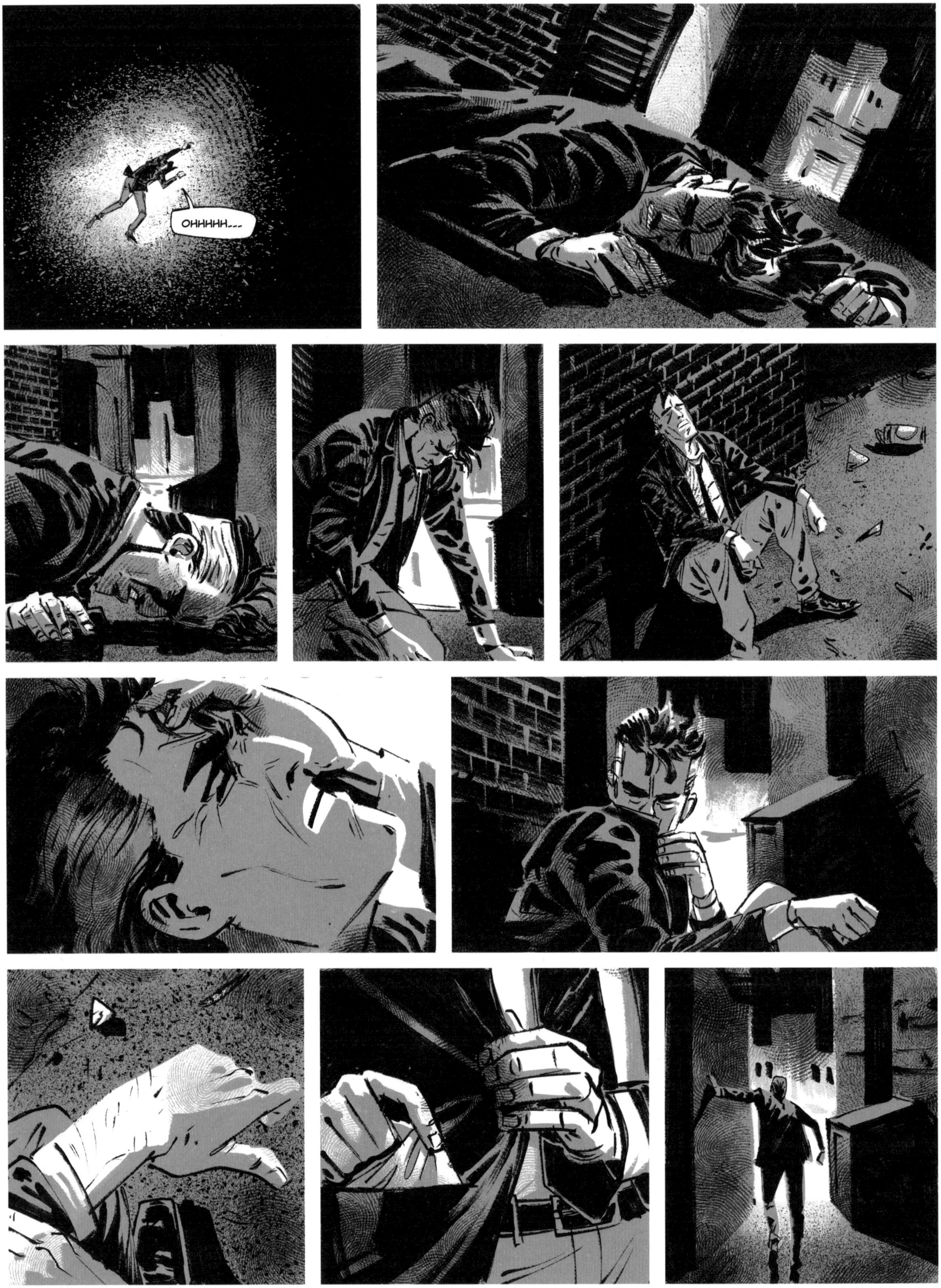
OHHHHH...

HEATERS
AMERICA
6TH AV
W 40TH ST.
DRUGSTORE
DRUGSTORE
LIQUORS
WINES
Joey's
ESTAURANT
UOR
STORE
OTEL

STAFF ONLY
J'AI ÉTÉ AGRESSÉ ET PASSÉ À TABAC. ON M'A VOLÉ LA CLÉ DE MA CHAMBRE. IL M'EN FAUT UNE AUTRE. MON NOM EST LYNCH, CHAMBRE 733.
UN INSTANT.
OUI, M. LYNCH. UNE AGRESSION, VOUS DITES ?
JE VOUS L'AI DIT, ON M'A AGRESSÉ ET BATTU, ET ON A VIDÉ UNE BOUTEILLE DE VIN SUR MOI.
AVEZ-VOUS PORTÉ PLAINTE ? CONTACTÉ LA POLICE ?
STAFF ONLY
DOIS-JE LES APPELER POUR VOUS ?
À QUOI BON ? VOUS AVEZ DÉJÀ VU UN TYPE SE FAIRE ARRÊTER POUR ÇA, PAR ICI ?
J'AI BESOIN DE ME REPOSER. DEMAIN MATIN, JE PARLERAI AUX FLICS, MAIS POUR L'INSTANT, JE SUIS ÉPUISÉ ET MALADE.
DISTURB PLEASE
Ce n'était pas la voix de Brock. C'était un autre type qui posait les questions.

Des chaussures de deux tailles différentes.
Deux brosses à dents dans la salle de bains.
Un autre homme vivait dans cet appartement avec Brock. Et il s'y trouvait déjà quand Parker y était venu.

C'était sûrement lui, la voix qui posait les questions. Mais qui ? Rose ? Peut-être.
Qui que ce fut, ce type avait désormais une longueur d'avance sur lui.
P
L'urgence s'était envolée. Parker savait qu'il avait désormais trop de retard sur eux pour les rattraper. Il ne pouvait plus espérer prendre Uhl par surprise. Alors, il lui faudrait revoir ses plans.

Les deux autres savaient que Parker s'était fait doubler et qu'il cherchait Uhl. Mais comment allaient-ils réagir ? Allaient-ils avertir Uhl ? Ou tenter de récupérer le fric de Uhl pour leur propre compte ?
Parker se demandait s'il devait attendre le retour de Brock et de l'autre type. Il décida que non, trop de choses pouvaient arriver s'il restait planté dans cet appartement.
Alors que faire d'autre ? Son seul lien avec Uhl était Benny Weiss, et Benny Weiss était mort.
Benny Weiss.
Peut-être qu'après tout...
D'un seul coup, Parker retrouva toute sa rapidité d'action.

DING DONG !
J'ARRIVE ! J'ARRIVE !
PARKER.
JAMAIS JE N'AURAIS IMAGINÉ VOUS VOIR DÉBARQUER ICI.
ENTREZ DONC.
FAITES UN PEU MOINS DE BRUIT, LES ENFANTS !
OUI, MADAME WEISS !
ON S'ENTENDRA MIEUX DANS LA CUISINE. ET J'AI DES GÂTEAUX DANS LE FOUR À SURVEILLER.

VOUS VOULEZ UN CAFÉ ?
MERCI.
VOUS M'APPORTEZ UNE MAUVAISE NOUVELLE, J'IMAGINE. VOUS ÊTES LÀ, ET BENNY, LUI, N'EST PAS LÀ.
OUI.
IL EST MORT, JE SUPPOSE.
OUI.
VOUS NE SERIEZ PAS VENU ICI JUSTE POUR M'ANNONCER ÇA. CE N'EST PAS VOTRE GENRE, PARKER.
C'EST EXACT.
VOUS NE MÉLANGEZ PAS LE TRAVAIL ET LES SENTIMENTS.
CE N'EST PAS MOI QUI L'AI TUÉ. NE VOUS EN PRENEZ PAS À MOI.
EXCUSEZ-MOI.
VOUS AVEZ RAISON. JE NE DEVRAIS PAS M'EN PRENDRE À VOUS.

ALORS, QU'EST-CE QUE VOUS VOULEZ ?
CONNAISSEZ-VOUS UN CERTAIN GEORGE UHL ? LA TRENTAINE.
GEORGE ? DES CHEVEUX BRUNS ? CLAIRSEMÉS ? IL EST PLUTÔT GRAND ET MAIGRE ?
C'EST BIEN LUI. SAVEZ-VOUS D'OÙ IL VIENT ? DE QUELLE FAÇON JE PEUX LE CONTACTER ?
NON, JE NE SAIS PAS. BENNY L'A JUSTE AMENÉ ICI UNE OU DEUX FOIS. IL N'ÉTAIT PAS AVEC VOUS, CE COUP-CI ?
SI, IL Y ÉTAIT.
ET IL A FAIT QUELQUE CHOSE ? IL A PROVOQUÉ CE QUI EST ARRIVÉ À BENNY ? C'EST ÇA ?
OUI.
VOUS N'ÊTES PAS DU GENRE À CHERCHER À VOUS VENGER, PARKER. PAS S'IL N'Y A RIEN À LA CLÉ. QUE LUI VOULEZ-VOUS, À CE GARÇON ?
IL NOUS A TRAHIS. IL A TIRÉ UNE BALLE DANS LA TÊTE DE VOTRE MARI. IL A TUÉ L'AUTRE GARS DE L'ÉQUIPE, ET IL A ESSAYÉ DE ME TUER, MOI AUSSI. ET PUIS IL S'EST ENFUI AVEC L'ARGENT.
OH. L'ARGENT.
C'EST ÇA QUE JE VEUX.
MAIS VOUS N'AVEZ AUCUN MOYEN DE LE RETROUVER, CE GEORGE, N'EST-CE PAS ?
PAS SI VOUS NE POUVEZ PAS M'AIDER.
SI VOUS AVIEZ PU LE TROUVER SANS MOI, JE NE VOUS AURAIS JAMAIS REVU, NI REÇU DE VOS NOUVELLES.
C'EST EXACT.
UNE PARTIE DE CET ARGENT M'APPARTIENT, À PRÉSENT.
N'Y PENSEZ PLUS. IL Y A DES CHOSES DONT ON N'HÉRITE PAS.
NON, SAUF SI JE PEUX VOUS AIDER.
C'EST EXACT.
MES GÂTEAUX !

Pendant que Grace Weiss parlait à Parker, les expressions de son visage collaient mal avec son apparence…
… avec ses cheveux gris, son tablier, ses pantoufles et ses gâteaux dans le four…
Une femme de tête à l'esprit acéré se cachait sous ce masque de bonne ménagère.
Grace accepta d'aider Parker. Mais elle voulait sa part du gâteau. Parker se retrouvait obligé de passer un marché avec elle. Il lui offrit un choix.
Les deux mille dollars dans sa poche, le cash de Brock, tout de suite. Ou un quart de ce qu'il ramasserait s'il parvenait à récupérer l'argent du braquage.
DONNEZ-MOI LES DEUX MILLE COMME AVANCE.
C'EST L'UN OU L'AUTRE. PAS LES DEUX. QU'A DIT BENNY À MON SUJET ?
JE SAIS QUE BENNY POUVAIT SE FIER À VOUS. CELA NE VEUT PAS DIRE QUE MOI, JE PEUX.
POURQUOI PAS ?
BENNY ÉTAIT UN COLLÈGUE, UN PROFESSIONNEL COMME VOUS...
ET VOUS ÊTES SA VEUVE.
VOUS FAITES DU SENTIMENT, PARKER ?
DÉCIDEZ-VOUS, GRACE.
BENNY AVAIT UNE ASSURANCE-VIE... EST-CE QUE JE PEUX LA TOUCHER AVANT QU'IL NE SOIT OFFICIELLEMENT DÉCLARÉ MORT ?
VOUS NE POUVEZ PAS.
MERVEILLEUX. JE VAIS DEVOIR ATTENDRE ENCORE SEPT ANS. UNE CHANCE QUE CETTE MAISON SOIT DÉJÀ PAYÉE.
JE VAIS PRENDRE LES DEUX MILLE ALORS. ET PASSER UN OU DEUX COUPS DE FIL POUR VOUS.

Parker se souvint que Benny, tout comme Grace, montrait une image vraiment différente au quotidien.
C'était un petit homme vague et affable, vêtu d'un pantalon trop grand, avec des lunettes qui lui glissaient sur le nez.
Le contraste était si fort que Parker lui-même n'avait pas reconnu Weiss lors de sa première visite ici.
Il s'était dit que Weiss était devenu trop vieux, qu'il ne pourrait plus travailler. Mais non, dans le boulot, Weiss restait le même.
Parker présentait lui aussi un visage différent en dehors du boulot, mais cela n'avait rien de comparable avec la façade que Benny et Grace s'étaient créée.
Un quart d'heure s'écoula avant que Grace ne revienne.
PERSONNE NE SAIT QUE BENNY EST MORT, ALORS J'AI LAISSÉ CROIRE QUE J'APPELAIS POUR LUI.
JE N'AI PAS PARLÉ DE VOUS.
Joyce Langer
Lewis Pearson
5610

LE PREMIER NOM, C'EST LA FILLE AVEC LAQUELLE GEORGE VIVAIT L'ANNÉE DERNIÈRE. C'EST SON ADRESSE; IL HABITAIT CHEZ ELLE. ILS SE SONT SÉPARÉS IL Y A UN MOMENT, MAIS PEUT-ÊTRE QU'ELLE SAIT ENCORE OÙ IL EST.
COMPRIS. ET L'AUTRE ?
LUI, BENNY ET GEORGE DEVAIENT FAIRE UN COUP ENSEMBLE UNE FOIS. C'ÉTAIT SON COUP À LUI, IL L'AVAIT DÉNICHÉ ET PRÉPARÉ.
CE TYPE ? LEWIS PEARSON ?
OUI. C'ÉTAIT L'IDÉE DE PEARSON, ET IL A RÉUNI BENNY ET GEORGE. C'EST COMME ÇA QUE BENNY A CONNU GEORGE. MAIS LE PROJET N'A JAMAIS ABOUTI.
POURQUOI ?
JE NE SAIS PAS. JE NE SAIS PAS CE QUI A MAL TOURNÉ. MAIS PEARSON CONNAÎT GEORGE.
VOUS AVEZ APPELÉ PEARSON, TOUT À L'HEURE ?
OUI, JE LUI AI DIT QUE BENNY VOULAIT ENTRER EN CONTACT AVEC GEORGE UHL. IL M'A DIT DE DIRE À BENNY DE NE PAS S'APPROCHER DE UHL, QU'IL N'ÉTAIT PAS RÉGLO.
JE N'AI PAS PU POUSSER LA QUESTION PLUS LOIN APRÈS ÇA. PEUT-ÊTRE QUE VOUS, VOUS POURREZ LE FAIRE.
PEUT-ÊTRE, OUI.
MERCI, GRACE.
JE L'AI FAIT POUR L'ARGENT, PARKER.

La journée était chaude et ensoleillée dans la banlieue d'Alexandria, en Virginie.
D'OÙ DIABLE SORTEZ-VOUS ?
J'AI SONNÉ ET IL N'Y A PAS EU DE RÉPONSE, ALORS J'AI FAIT LE TOUR DE LA MAISON.
CETTE FOUTUE SONNETTE ! ON NE L'ENTEND JAMAIS, ICI.
VOUS ÊTES LEWIS PEARSON ?
OUI, C'EST MOI. VOUS ÊTES UN AGENT D'ASSURANCES? VOUS N'EN AVEZ PAS L'AIR.
QUI EST-CE, LEW ?

JE SUIS UN AMI DE BENNY WEISS.
AH OUI ?
OUI.
DONNEZ-MOI UNE MINUTE.
VOUS VOULEZ BOIRE QUELQUE CHOSE ? UN GIN TONIC ?
Parker ne voulait rien d'autre que des informations.
CE SERA PARFAIT, MERCI.
Mais il savait que si vous laissiez les gens jouer les hôtes, ils se confiaient à vous plus facilement.
RESTONS PAR ICI.
JE TRAVAILLE MON BRONZAGE.
LES AMIS DE BENNY, JE NE LES CONNAIS PAS TOUS. LEQUEL ÊTES-VOUS ?
JE M'APPELLE PARKER.
PARKER ? OUI, BENNY A PARLÉ D'UN NOMMÉ PARKER. UNE OU DEUX FOIS.
BENNY DISAIT QUE PARKER, C'ÉTAIT LE MEILLEUR. DANS SA PARTIE, JE VEUX DIRE.
VOUS AUSSI, VOUS ÊTES DE LA PARTIE. OU VOUS Y AVEZ SONGÉ.
MOI, J'Y AI SONGÉ ? ET QUAND DONC ?
LA FOIS OÙ VOUS, BENNY ET GEORGE UHL DEVIEZ TRAVAILLER ENSEMBLE. MAIS ÇA N'A PAS MARCHÉ.
C'EST POUR LES AFFAIRES, LEW ?
JE CROIS QUE OUI.
ALORS JE VAIS NAGER.
FAIS DONC ÇA, OUI.

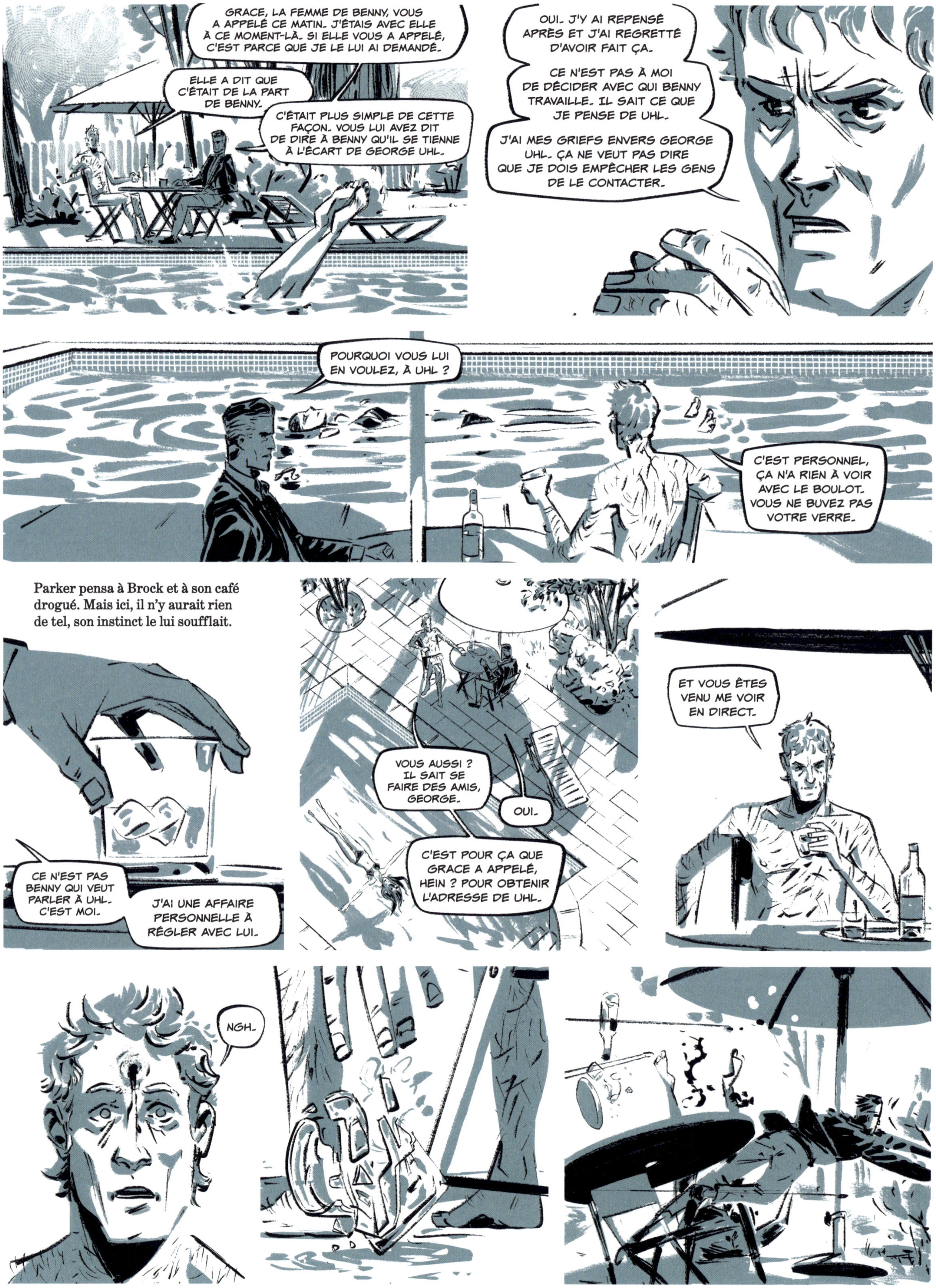
GRACE, LA FEMME DE BENNY, VOUS A APPELÉ CE MATIN. J'ÉTAIS AVEC ELLE À CE MOMENT-LÀ. SI ELLE VOUS A APPELÉ, C'EST PARCE QUE JE LE LUI AI DEMANDÉ.
ELLE A DIT QUE C'ÉTAIT DE LA PART DE BENNY.
C'ÉTAIT PLUS SIMPLE DE CETTE FAÇON. VOUS LUI AVEZ DIT DE DIRE À BENNY QU'IL SE TIENNE À L'ÉCART DE GEORGE UHL.
OUI. J'Y AI REPENSÉ APRÈS ET J'AI REGRETTÉ D'AVOIR FAIT ÇA.
CE N'EST PAS À MOI DE DÉCIDER AVEC QUI BENNY TRAVAILLE. IL SAIT CE QUE JE PENSE DE UHL.
J'AI MES GRIEFS ENVERS GEORGE UHL. ÇA NE VEUT PAS DIRE QUE JE DOIS EMPÊCHER LES GENS DE LE CONTACTER.
POURQUOI VOUS LUI EN VOULEZ, À UHL ?
C'EST PERSONNEL, ÇA N'A RIEN À VOIR AVEC LE BOULOT. VOUS NE BUVEZ PAS VOTRE VERRE.
Parker pensa à Brock et à son café drogué. Mais ici, il n'y aurait rien de tel, son instinct le lui soufflait.
CE N'EST PAS BENNY QUI VEUT PARLER À UHL. C'EST MOI.
J'AI UNE AFFAIRE PERSONNELLE À RÉGLER AVEC LUI.
VOUS AUSSI ? IL SAIT SE FAIRE DES AMIS, GEORGE.
OUI.
C'EST POUR ÇA QUE GRACE A APPELÉ, HEIN ? POUR OBTENIR L'ADRESSE DE UHL.
ET VOUS ÊTES VENU ME VOIR EN DIRECT.
NGH.

SKREEEEEEE
La voiture de Uhl.
Uhl était venu pour flinguer Pearson, et il avait bien failli se payer Parker aussi.
À présent, il allait se creuser un trou quelque part et se planquer sous terre.
Et ce serait deux fois plus difficile de le retrouver.
La femme de Pearson n'avait pas cessé de hurler. Parker grimpa dans sa voiture et se tira de là.

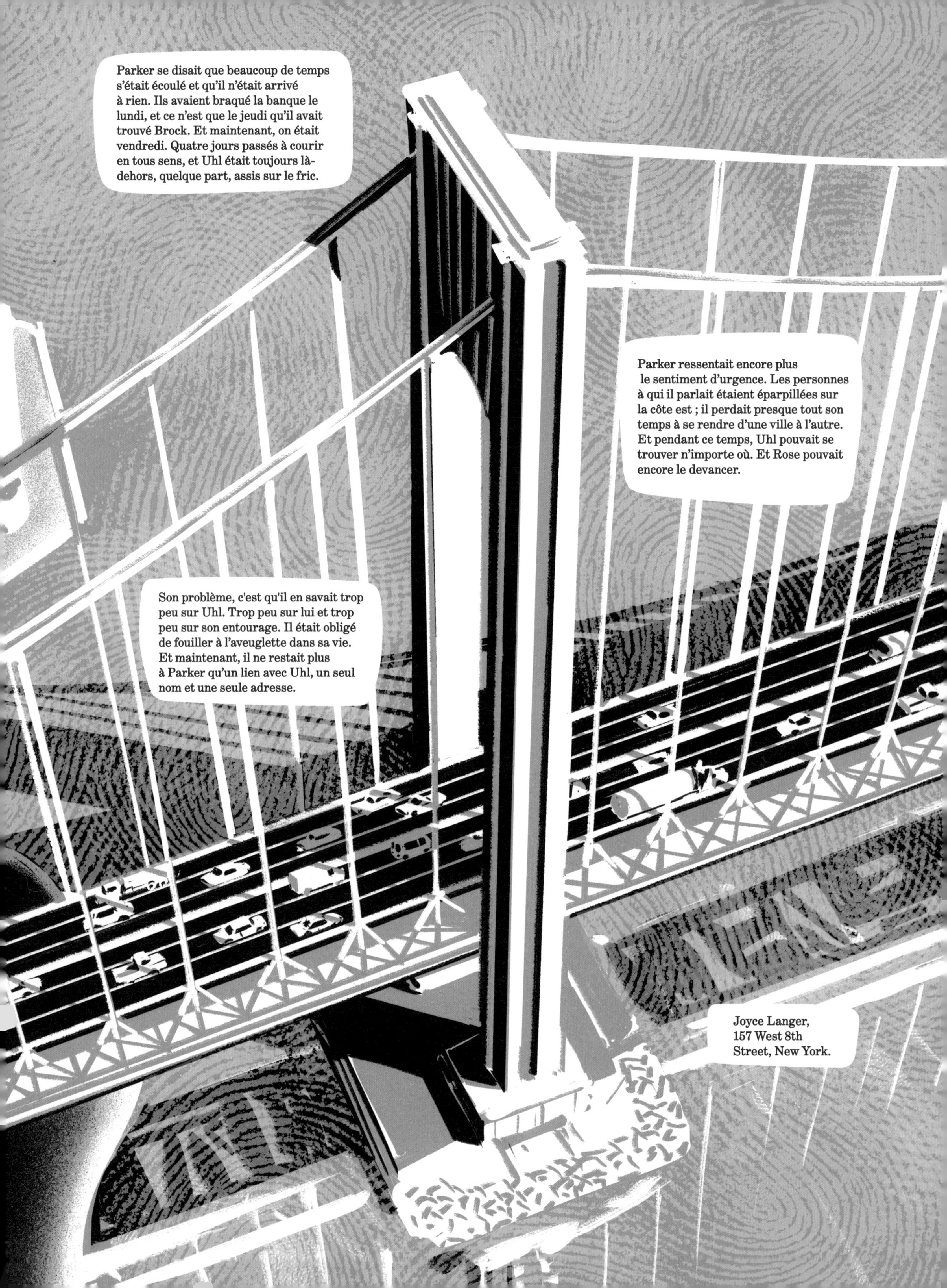
Parker se disait que beaucoup de temps s'était écoulé et qu'il n'était arrivé à rien. Ils avaient braqué la banque le lundi, et ce n'est que le jeudi qu'il avait trouvé Brock. Et maintenant, on était vendredi. Quatre jours passés à courir en tous sens, et Uhl était toujours là-dehors, quelque part, assis sur le fric.
Parker ressentait encore plus le sentiment d'urgence. Les personnes à qui il parlait étaient éparpillées sur la côte est ; il perdait presque tout son temps à se rendre d'une ville à l'autre. Et pendant ce temps, Uhl pouvait se trouver n'importe où. Et Rose pouvait encore le devancer.
Son problème, c'est qu'il en savait trop peu sur Uhl. Trop peu sur lui et trop peu sur son entourage. Il était obligé de fouiller à l'aveuglette dans sa vie. Et maintenant, il ne restait plus à Parker qu'un lien avec Uhl, un seul nom et une seule adresse.
Joyce Langer, 157 West 8th Street, New York.

Un seul coup d'œil à cette fille suffisait pour deviner que sa voix serait geignarde.
QU'EST-CE QUE C'EST ? JE SUIS EN PLEIN DÎNER, LÀ.
Et elle l'était.
JE VEUX VOUS PARLER DE GEORGE UHL.
JE N'AI PAS REVU GEORGE DEPUIS PLUS D'UN AN. ALLEZ LE CHERCHER AILLEURS.
OÙ ÇA ?
JE N'EN SAIS RIEN.
JUSTE UNE MINUTE.
VOUS VOUS CROYEZ OÙ, LÀ, HEIN ?
VOUS N'AIMEZ PAS GEORGE UHL.
QU'EST-CE QUE ÇA PEUT VOUS FAIRE, QUI J'AIME OU NON ? VOUS VOULEZ QUE J'APPELLE AU SECOURS ?
JE N'AIME PAS GEORGE, MOI NON PLUS. SI JE LUI METS LA MAIN DESSUS, JE LUI CAUSERAI DES ENNUIS.
C'EST VRAI, ÇA ?
OUI.
ET VOUS ÊTES QUOI ? UN MARI JALOUX OU UN TRUC COMME ÇA ?
UN TRUC COMME ÇA.
VOUS EN VOULEZ VRAIMENT À GEORGE ?
OUI.
C'EST BON, ENTREZ.

Joyce Langer était une petite amie délaissée qui avait gardé une dent contre Uhl et se plaignait du monde entier. Parker se retrouva forcé de l'inviter à dîner pour lui soutirer des informations.
Elle avait beaucoup de choses à reprocher à Uhl, mais tout ce que Parker réussit à tirer d'elle en une soirée entière, ce furent deux noms, ou plutôt des noms partiels, de gens que George connaissait.
Le premier, Howie Progressi, un pilote de stock-cars, tenait un garage à Brooklyn. George et lui avaient été copains pendant un moment.
Ensuite, il y avait un certain Barry qu'il avait l'habitude de fréquenter, qui avait depuis déménagé à Washington. Près d'Alexandria. Près de la maison de Pearson.
Personne d'autre, c'était tout. « George s'est juste servi de moi, comme il se sert de tout le monde », dit la fille à Parker. « Il ne laisse personne s'approcher de lui, ou alors pas vraiment. »

SI GEORGE AVAIT DES ENNUIS, VOUS CROYEZ QU'IL VIENDRAIT CHEZ VOUS ?
OH, J'AIMERAIS BIEN QU'IL VIENNE, ÇA OUI !
OUI, MAIS EST-CE QU'IL LE FERAIT ?
JE SUPPOSE QUE OUI, S'IL N'AVAIT PERSONNE D'AUTRE VERS QUI SE TOURNER. IL EST TELLEMENT ARROGANT. IL DOIT SE DIRE QU'IL POURRAIT REVENIR ET TOUT REPRENDRE LÀ OÙ ON EN ÉTAIT.
VOUS ÊTES VRAIMENT TRÈS EN COLÈRE CONTRE LUI, HEIN ?
OUI.
VOUS LUI FERIEZ VRAIMENT PASSER UN SALE QUART D'HEURE, ALORS ?
OUI.
JE VAIS VOUS DIRE... SI J'AI DES NOUVELLES DE GEORGE, JE VOUS FAIS SIGNE. D'ACCORD ?
ET SI JE PENSE À QUELQU'UN D'AUTRE, OU À QUOI QUE CE SOIT QUI POURRAIT VOUS AIDER, JE VOUS APPELLE.
C'EST PARFAIT. VOUS POURREZ ME JOINDRE A L'HOTEL RILLINGTON, DANS LE CENTRE.
SI JE N'Y SUIS PAS QUAND VOUS APPELEZ, LAISSEZ UN MESSAGE AU CONCIERGE POUR MOI.
JE ME DEMANDE BIEN OÙ EST GEORGE...
Casita Juan

TROIS.

Une seconde trop tard, George Uhl se rendit compte qu'il avait tiré sur la mauvaise cible.
BANG
BANG
BANG
BANG
C'était Parker qu'il aurait dû descendre en premier, puis Andrews, et le vieux en dernier. Les vieux sont les plus lents.
Mais il avait commencé par descendre Weiss parce qu'il le connaissait. Un foutu réflexe inconscient.
Tout ça l'avait mis sur les nerfs pendant un moment, jusqu'à ce qu'il aperçoive l'arme de Parker, là, au-dehors.
Parker s'était enfui dans les bois, mais Uhl, lui, avait réussi à retrouver son calme.
Il était enfin prêt à exécuter son plan.
Adieu, Parker. Adieu, Weiss et Andrews.

C'était son sixième coup, mais dès le tout premier, il avait eu cette idée en tête.
HIGHWAY 8 MILES
Après chaque boulot, au moment du partage, il contemplait ces piles de billets dont on ne lui octroyait qu'une maigre part, alors qu'il aurait voulu tout garder.
Il avait dû attendre le coup numéro six pour que les planètes s'alignent.
Mais même ainsi, le fait que Parker soit encore en vie allait compliquer les choses.
Alors, il s'agirait de faire profil bas pendant un bout de temps... le temps de voir si Parker montrerait à nouveau son nez.
La vraie question, c'était où se planquer.
Il pensa d'abord à Howie Progressi. Mais tout le monde savait que lui et Howie étaient très copains.
Ensuite, il pensa à Joyce Langer. Ils étaient séparés depuis plus d'un an, et personne n'irait le chercher dans ses jupons.
Mais si Parker voulait lui causer des ennuis, Joyce pourrait très bien lui balancer George, juste pour prendre sa revanche.
Barri ? Non, trop de gens savaient qu'il était avec Barri Dane en ce moment. C'était elle que Parker irait voir en premier.
Il était déjà en Pennsylvanie au moment où il pensa à Ed Saugherty.

Il n'avait pas revu Ed depuis quatre ou cinq ans. Mais ce vieux copain de lycée, qui avait toujours admiré et vénéré George, ferait tout ce qu'il lui demanderait.
George lui dirait : « Ed, j'ai des soucis. Je ne peux pas t'en parler, mais j'ai besoin d'un coin tranquille où me mettre au vert pendant quelque temps. » Et Ed lui fournirait la planque idéale.
Ce fut donc chez les Saugherty, dans la banlieue ouest de Philadelphie, qu'il se rendit.
Ed avait endossé son rôle dans ce mélodrame comme s'il s'y était préparé toute sa vie. C'était l'ami sincère, l'allié de toujours, le dernier espoir du héros.
Ed avait une épouse, Pam, qui connaissait elle aussi très bien son rôle. Pam était opposée à l'idée que George séjourne chez eux, réticente à voir Ed s'impliquer.
George resta à l'écart de leur dispute et laissa Ed calmer Pam, car il savait que Ed le ferait.
Il appela Barri le mardi après-midi, la mit au courant de la situation, lui donna son numéro de téléphone, et rien d'autre.
Et puis il s'installa pour attendre.
Le jeudi, Barri appela pour dire que Matt Rose cherchait à le contacter et qu'il avait laissé un numéro à Washington.
George avait bossé deux fois avec Rose. Tous deux étaient présents lorsqu'il avait rencontré Benny Weiss.
Son appel était-il une pure coïncidence ? George se sentit troublé.
Il appela Rose, et Rose lui servit une longue histoire à propos d'un coup qu'il était en train de monter. Rose voulait rencontrer George pour lui en parler.
George lui dit que ça ne l'intéressait pas. Rose insista, il aurait vraiment souhaité le rencontrer.
George commençait à se méfier. Rose interrompit brusquement la conversation et raccrocha.

Ça, c'était la veille, et depuis ce coup de fil George s'était senti mal à l'aise. il était même devenu très nerveux.
Et puis le matin, Barri le rappela, et ce qu'elle lui dit lui fit l'effet d'une claque.
BENNY WEISS VEUT TE CONTACTER.
ATTENDS ! ATTENDS, ATTENDS, ATTENDS !
QUI T'A APPELÉE ? BENNY ? BENNY T'A APPELÉE LUI-MÊME ?
NON. C'EST UN CERTAIN LEW PEARSON QUI A APPELÉ. IL A DIT QU'IL TRANSMETTAIT LE MESSAGE.
Qu'est-ce que ça voulait dire, ça ? Benny Weiss était mort. Parker ? Comment Parker avait-il trouvé Pearson ? Pearson et Parker s'étaient-ils alliés contre lui ? Ou Pearson avait-il pris le relais de Parker ?
Peut-être même qu'ils étaient tous les trois dans le coup, Pearson, Rose et Parker. Ils resserraient leur étau sur lui.
À peine trois heures plus tard, il déboulait chez Pearson.
Le message de Pearson n'avait qu'une seule explication : il voulait déstabiliser George, l'obliger à se montrer à découvert.
Mais George avait un moyen de régler le problème en vitesse.
BANG

Il ne vit l'autre type qu'après avoir tiré sa première balle…
Qu'il soit damné si ce n'était pas encore Parker.
BANG BANG BANG BANG BANG
Rien ne l'arrêterait donc ?
C'était la seconde fois que George essayait de le tuer, et il avait encore échoué.
LA PROCHAINE FOIS, C'EST SUR TOI QUE JE TIRE EN PREMIER.

Washington D.C. est une ville dure pour les jeunes femmes célibataires. On les y trouve en très grand nombre : secrétaires, dactylos, archivistes... Et la plupart d'entre elles se sentent très seules.
Le gagne-pain actuel de Barri Dane était le résultat direct de cette solitude.
Dans le passé, elle avait été strip-teaseuse.
Et diverses autres choses encore.
Mais à présent, elle était prof de gymnastique.
Une prof d'éducation physique avec son propre studio et deux cours très fréquentés chaque jour.
C'était de loin le moyen le plus propre de gagner sa vie qu'elle ait jamais connu.
Barri pensa à George Uhl. Elle savait que George ne valait pas grand-chose.

Elle savait aussi qu'elle était invariablement attirée par le type d'homme auquel appartenait George Uhl, par ces beaux parleurs qui n'arrivent jamais à rien.
Mais cette fois, George avait fait une grosse bêtise et il était dans la panade jusqu'au cou...
Elle espérait qu'il pourrait s'en sortir sans trop de casse. Mieux valait un tocard en vie qu'un héros mort.
EN VOILÀ UNE JOLIE FAÇON DE DIRE BONJOUR, CHÉRIE.
QU'EST-CE QUE VOUS VOULEZ ? J'AI DIT À GEORGE QUE VOUS AVIEZ APPELÉ. JE LUI AI DONNÉ VOTRE NUMÉRO.
JE SAIS QUE TU L'AS FAIT, ET C'ÉTAIT BIEN GENTIL DE TA PART. MAIS MAINTENANT, C'EST GEORGE QUE JE VEUX. EN PERSONNE. JE VEUX LUI CAUSER EN FACE.
JE NE SAIS PAS OÙ IL EST.
POUR TON PROPRE BIEN, MA CHÉRIE, J'ESPÈRE QUE CE N'EST PAS VRAI, PARCE QUE MAINTENANT, JE VAIS COMMENCER À M'OCCUPER DE TOI...
... ET LA SEULE CHOSE AU MONDE QUI POURRA M'ARRÊTER, C'EST QUE TU ME DISES OÙ EST GEORGE.

Paul Brock était assis tout seul par terre au milieu de son salon, en proie à un chagrin inextinguible, des larmes lui coulant sur les joues.
RIIINNNGG
Il avait erré à travers son appartement comme un mort-vivant, abasourdi par le spectacle...
RIIINNNGG
... son esprit se refusant à saisir ce qui s'était passé.
RIIINNNGG
RIIINNNGG
M... MATT ?
PAUL ? QU'EST-CE QU'IL Y A ? IL EST ARRIVÉ QUELQUE CHOSE ?
OH, MATT...
QU'EST-CE QUI NE VA PAS ?
IL ÉTAIT LÀ, MATT.
QUI ? PARKER ? TU L'AS VU ?
NON. IL EST VENU ICI PLUS TÔT... MATT, IL A DÉTRUIT L'APPARTEMENT !
IL L'A JUSTE... SACCAGÉ, MATT. IL A TOUT CASSÉ, TOUT...
EST-CE QU'IL A PRIS LES ARMES ? IL A PRIS L'ARGENT ? IL A PRIS LE SÉRUM ? TU AS VÉRIFIÉ ?

TOUT, MATT. IL A TOUT PRIS.
LE FOUTU FILS DE PUTE...
JE VEUX LE TUER. JE VEUX LE FAIRE MOI-MÊME, MATT.
IL EST À TOI. MAIS POUR L'INSTANT, IL FAUT D'ABORD S'OCCUPER DE UHL. C'EST LUI QUE NOUS DEVONS COINCER EN PREMIER.
J'AI TROUVÉ SA PLANQUE ET JE VAIS AVOIR BESOIN DE TOI.
D'ACCORD.
IL Y A UN TRAIN EXPRESS POUR PHILADELPHIE À 18H10, IL ARRIVE À 19H45. JE T'ATTENDRAI À LA GARE.
D'ACCORD.
NE T'INQUIÈTE PAS, BÉBÉ. ON SERA DÉBARRASSÉS DE UHL D'ICI CE SOIR, ET ENSUITE ON IRA RÉGLER SON COMPTE À PARKER.
ON VA UTILISER UNE PARTIE DES TRENTE-TROIS MILLE DOLLARS DE UHL POUR REMETTRE L'APPARTEMENT EN ÉTAT. ÇA TE PLAIRAIT, ÇA, PAS VRAI ?
CE SERAIT PARFAIT, MATT.
Tout à coup, Paul Brock se rendit compte à quel point il était seul au monde, à quel point Matt le connaissait mal. Comment avait-il pu imaginer une seule seconde que Paul voudrait un jour repasser la porte de cet appartement ?

J'ESPÈRE QU'ON NE LE REVERRA JAMAIS.
C'EST UNE FAÇON DE ME PARLER DEVANT LES ENFANTS ?
FRANCHEMENT, JE L'ESPÈRE AUSSI. JUSTE POUR QUE TU CESSES DE ME SOÛLER AVEC ÇA.
HM...
CE GEORGE, IL EST MÊLÉ À QUELQUE CHOSE DE SÉRIEUX, J'EN SUIS CERTAINE. ET PLUS TU TRAÎNES AVEC LUI, PLUS TU RISQUES TOI-AUSSI DE TE RETROUVER IMPLIQUÉ LÀ-DEDANS.
DRRRINNGGG
DRRRINNGGG DRRRINNGGG
DRRRINNGGG DRRRINNGGG
DRRRINNGGG DRRRINNGGG
JE VAIS RÉPONDRE.
ANGELA, MÂCHE UN PEU TA NOURRITURE, VEUX-TU ?
C'EST POUR TOI. JE CROIS BIEN QUE C'EST LUI.
...
ALLÔ ?
ED, NOUS AVONS UN PROBLÈME.

UN PROBLÈME ? QUEL GENRE DE PROBLÈME ?
JE SUIS À WASHINGTON, ED. IL Y A UNE FILLE ICI, IL FAUT QUE JE M'OCCUPE D'ELLE, ET ENSUITE JE VAIS ME TIRER DE LÀ.
CE QUI EST IMPORTANT, C'EST LA VALISE QUE J'AI LAISSÉE CHEZ TOI. TU DOIS LA METTRE EN LIEU SÛR, ET LE PLUS VITE POSSIBLE.
NE DIS PAS À TA FEMME OÙ TU LA PLANQUERAS. IL VAUT MIEUX QU'ELLE NE SOIT AU COURANT DE RIEN.
CE SERA MIEUX POUR ELLE COMME ÇA. IL Y A CE TYPE QUI POURRAIT DÉBARQUER CHEZ VOUS...
QUOI ? QU'EST-CE QUE TU VEUX DIRE ? QUEL TYPE ?
NE T'INQUIÈTE PAS. VOILÀ CE QUE TU VAS LUI DIRE...
QU'EST-CE QU'IL VEUT, CE TYPE, GEORGE ? LA VALISE ?
BON DIEU, NON C'EST APRÈS MOI QU'IL EN A, ED ! ÉCOUTE, DIS-LUI QU'ON S'EST CONNUS IL Y A LONGTEMPS. JE T'AI APPELÉ AU TÉLÉPHONE...
... POUR TE DEMANDER DE ME TRANSMETTRE LES MESSAGES, TU AS DIT D'ACCORD.
TU AS JUSTE À PLANQUER LA VALISE DANS UN ENDROIT SÛR, TU VOIS ? ED... ? TU ES LÀ... ?
JE SUIS LÀ, OUI.
JE NE SAIS PAS OÙ JE VAIS, MAIS JE TE CONTACTERAI BIENTÔT. MAINTENANT, IL FAUT QUE JE FILE. MAIS NE T'INQUIÈTE SURTOUT PAS, ED.
CLIC !

ALLÔ ?
JE VOUDRAIS PARLER À GEORGE.
IL N'Y A PAS DE GEORGE ICI. VOUS VOUS TROMPEZ DE NUMÉRO.
NON, CHÉRI. JE VEUX PARLER À GEORGE UHL.
IL N'Y A PERSONNE DE CE NOM ICI.
JE NE CONNAIS PAS DE GEORGE UHL.
ÇA VA, BÉBÉ, JE SUIS RÉGLO. GEORGE ET MOI, ON EST DE VIEUX COPAINS. JE M'APPELLE MATT ROSE.
MATT ROSE ? IL A MENTIONNÉ CE NOM.
MAIS IL N'EST PAS LÀ POUR LE MOMENT. ET JE NE SAIS PAS OÙ IL EST.
QUAND EST-IL PARTI ?
IL N'EST MÊME PAS VENU ICI. MAIS IL VA APPELER. VOUS VOULEZ QUE JE LUI TRANSMETTE UN MESSAGE ?
BIEN SÛR. DIS-LUI QUE J'AI TÉLÉPHONÉ, D'ACCORD ? DIS-LUI QUE JE LE RECONTACTERAI.
ENTENDU.
PHONE
Vingt-quatre années s'étaient écoulées depuis que Matt Rose avait commis son premier crime pour de l'argent. Et depuis, il n'avait cessé de voler, détourner, extorquer, incendier, assassiner et escroquer.
Il prenait tout ce qui se présentait.
L'argent, c'est l'argent, et un mec à la peau dure comme lui pouvait se débrouiller pour en gagner facilement.
OK, ON Y VA.
IL EST LÀ-BAS ?
PAS EN CE MOMENT. MAIS IL L'A ÉTÉ. ET SAUGHERTY SAIT OÙ IL EST ALLÉ.

KLING
MAIS QUI ÊTES-VOUS ? QUE FAITES-VOUS LÀ ?
VA VÉRIFIER LE RESTE DE LA MAISON.
JUSTE UNE MINUTE. UN INSTANT. VOUS NE POUVEZ PAS....
D'ACCORD, MATT.
IL Y AVAIT QUELQU'UN DANS LA CHAMBRE D'AMIS, MAIS IL N'EST PLUS LÀ.
BON. PEUT-ÊTRE QU'IL VA REVENIR.
IL NE REVIENDRA PAS. NOUS NE VOULIONS PAS DE LUI ICI, ET NOUS NE VOULONS PAS DE VOUS NON PLUS.
PAM... PAM...
TU ME RENDS MALADE.
C'EST MOI QUI VIENS DE VOUS TÉLÉPHONER. MATT ROSE. MAINTENANT, TOUT CE QUE JE VEUX, C'EST AVOIR UNE GENTILLE PETITE DISCUSSION AVEC GEORGE.

DÉSOLÉ DE TIRER TOUT LE MONDE DU LIT COMME ÇA, MAIS L'AFFAIRE EST UN PEU URGENTE.
TOUT CE QUE VOUS AVEZ À FAIRE, C'EST ME DIRE OÙ EST GEORGE, ET APRÈS, ON S'EN IRA TOUT DE SUITE.
JE NE SAIS PAS OÙ IL EST. JE NE LE SAIS VRAIMENT PAS.
ÇA, CE SERAIT VRAIMENT DOMMAGE...
... PARCE QU'ON N'A PAS L'INTENTION DE PARTIR D'ICI TANT QU'ON NE SAURA PAS OÙ IL SE TROUVE.
MAIS JE NE SAIS PAS !
IL NE M'A PAS DIT OÙ IL SE TROUVAIT, NI OÙ IL ALLAIT.
JE VOUS LE JURE.
MAIS IL EST CENSÉ APPELER !
ET BIEN ALORS, ON VA ATTENDRE QU'IL APPELLE...
MAIS MOI JE PENSE QU'IL VA REVENIR. ÇA SERAIT BIEN, ÇA. PENSES-TU QU'IL VA REVENIR, ED ?
IL NE REVIENDRA PAS. IL VA JUSTE APPELER.
NON, ED. IL VA REVENIR. ET NOUS, ON VA L'ATTENDRE. À MOINS QUE VOUS N'AYEZ UNE IDÉE DE L'ENDROIT OÙ IL SE TROUVE ?
JE N'EN AI AUCUNE IDÉE. JE VOUS LE JURE.
ED, SI TU PROTÈGES CET HOMME...
POUR L'AMOUR DE DIEU PAM, CROIS-TU QUE JE...
TOI, TU AS PEUT-ÊTRE DES CHOSES À NOUS RACONTER.

JE NE LUI AI PAS PARLÉ, C'EST MON MARI QUI LUI A PARLÉ AU TÉLÉPHONE CET APRÈS-MIDI.
AU TÉLÉPHONE ? QU'EST-CE QU'IL T'A DIT, ED ?
IL A DIT QU'IL NE REVIENDRAIT PAS, MAIS QU'IL ME TIENDRAIT AU COURANT.
IL N'A PAS DIT OÙ IL ÉTAIT ?
IL A DIT QU'IL ÉTAIT À WASHINGTON. MAIS IL A DIT QU'IL EN PARTAIT JUSTE APRÈS L'APPEL.
TRÈS BIEN. ON VA L'ATTENDRE. GEORGE VA APPELER ET TOI, ED, TU LUI DIRAS QU'IL PEUT REVENIR SANS AUCUN SOUCI. ET TU AS INTÉRÊT À TE MONTRER CONVAINCANT.
OH, JE LE FERAI. JE NE LUI DOIS RIEN, À GEORGE UHL, NE VOUS EN FAITES PAS.
JE M'EN FAIS PAS.
POUR L'INSTANT, GARDE UN ŒIL SUR TOUT CE PETIT MONDE PENDANT QUE LA DAME VA ME FAIRE FAIRE LE TOUR DU PROPRIÉTAIRE.
MATT, TU NE...
ALLEZ, ÇA NE COMPTE PAS, BÉBÉ.
VENEZ, PAM, JE MEURS D'ENVIE DE VISITER VOTRE MAISON.
NE ME TOUCHEZ PAS !
L'un des enfants se mit à crier et Saugherty se précipita sur Rose.
C'est drôle de voir à quel point les gens ont toujours besoin qu'on leur explique les choses, se dit Matt.

RRRRIINNNGGGG
RRRRIINNNGGGG
RRRRIINNNGGGG
Joyce Langer se demanda qui pouvait bien sonner à sa porte à une heure pareille...
Et puis tout à coup, elle sut.
RRRRIINNNGGGG
George Uhl.
Joyce ressentit de la peur. Et de la culpabilité. De la culpabilité parce qu'elle était venue en aide à Tom Lynch, l'ennemi de George.
George avait-il découvert sa trahison ? Est-ce qu'il voulait se venger d'elle ?
Mais non, elle vit que c'était George lui-même qui était terrifié. Désespéré. Il venait chercher refuge auprès d'elle.
TU EN AS MIS DU TEMPS.
TU N'AS PAS CHANGÉ, PAS VRAI ?
JE SUIS DANS LE PÉTRIN. J'AI BESOIN DE ME PLANQUER UN MOMENT.
ET TU ES LA SEULE EN QUI JE PEUX AVOIR CONFIANCE, JOYCE.

C'EST TOUJOURS VERS TOI QUE JE REVIENS QUAND J'AI DES PROBLÈMES.
TU N'IMAGINES PAS CE QUE J'AI VÉCU, JOYCE. EN CAVALE, COMME UN CHIEN...
TU ÉTAIS LA SEULE VERS QUI JE POUVAIS ME TOURNER.
WHITE PAGES NYC
HÔTEL RILLINGTON.
JE VOUDRAIS LAISSER UN MESSAGE À M. THOMAS LYNCH.

QUATRE.

Parker trouva Howie Progressi à la troisième adresse qu'il avait noté, un bowling du côté de Flatbush Avenue.
ARS DEALER.
ROYAL BOWL
ROYAL
LANES
Il adopta une attitude calme et dit au gars qu'il avait un message pour lui de la part de George Uhl.
GEORGE ? IL A BESOIN DE MOI ?
VENEZ DEHORS POUR CAUSER.
Mais Progressi était une grande gueule, un hâbleur aux allures belliqueuses. Les types de ce genre, il fallait d'abord les secouer un peu et après, ils vous racontaient ce que vous vouliez savoir.
JE SUIS AU MILIEU D'UNE PARTIE, MON POTE.
CE NE SERA PAS LONG.

Progressi haussa les épaules, sortit du bowling avec lui et monta dans la voiture de Parker.

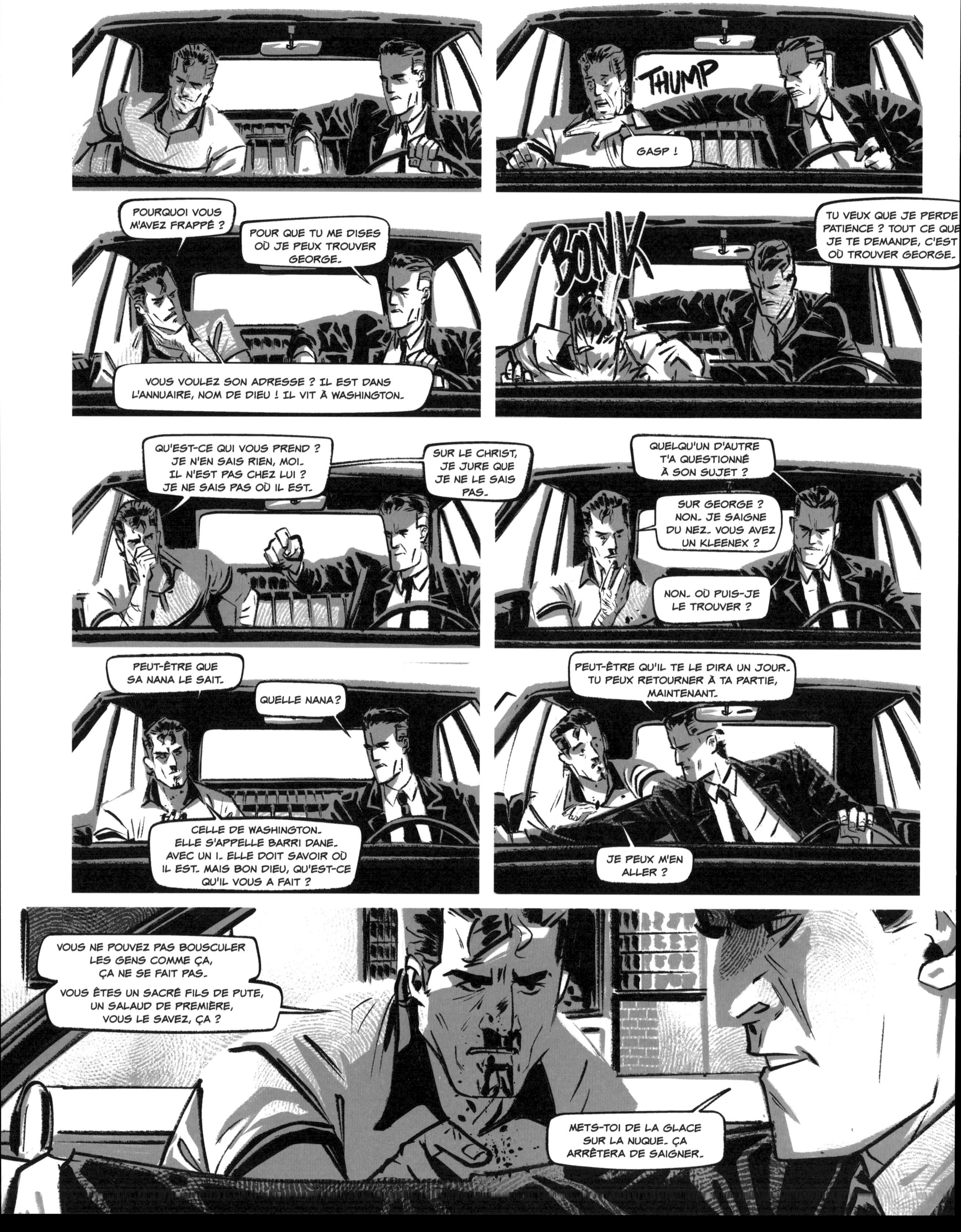

Minuit était passé depuis longtemps. Parker avait parcouru la côte est toute la journée, en commençant par Wilkes-Barre et Grace Weiss ce matin, il était ensuite allé jusqu'à Alexandria, puis il était remonté vers le nord jusqu'à New York, et maintenant il redescendait vers le sud, vers Washington.
Presque douze heures passées en voiture sans aucun résultat.

Barri Dane ne pourrait plus répondre aux questions de quiconque avant un bon moment.
Le médecin l'avait bourrée de calmants jusqu'aux oreilles. Il faudrait attendre le lendemain pour qu'elle rouvre les yeux. Et ce n'était même pas sûr qu'elle aurait quelque chose à raconter.

Son chemin avait fini par croiser celui de Rose, c'était une évidence.
Peu importait Rose, qu'il aille au diable !
La question, pour Parker, c'était de savoir ce qu'il allait faire maintenant.
Son esprit était envahi par l'envie de remonter en voiture et de rouler, rouler encore. Simplement pour rester dans l'action.
Il aurait voulu aller quelque part, mais il n'avait nulle part où aller.
ICI THOMAS LYNCH. VOUS AVEZ DES MESSAGES POUR MOI ?
HÔTEL RILLINGTON.
UN MOMENT, MONSIEUR.
NOUS AVONS BIEN UN MESSAGE, M. LYNCH, MAIS JE N'AI TROUVÉ AUCUNE TRACE DE VOTRE RÉSERVATION.
J'AI ENVOYÉ UN TÉLÉGRAMME. J'AI RÉSERVÉ UNE CHAMBRE SIMPLE POUR QUATRE JOURS, À PARTIR DE MARDI. QUEL EST LE MESSAGE ?
Parfois, l'inattendu se produit. Il avait un message. Et celui-ci ne pouvait venir que d'une seule personne.
UNE CERTAINE MLLE LANGER VOUS A TÉLÉPHONÉ, IL Y A UNE HEURE.
ELLE A DIT QU'ELLE AVAIT CE QUE VOUS DEMANDIEZ, ET QUE SI VOUS PASSIEZ ENTRE 8H ET 11H DEMAIN MATIN, LE CONCIERGE DE L'IMMEUBLE POURRAIT VOUS REMETTRE UNE CLÉ.
ELLE NE SE TROUVERA PAS SUR PLACE ELLE-MÊME.
TRÈS BIEN.
Il lui fallait quatre heures pour regagner New York, ce qui faisait 5 h 00 du matin. S'il s'accordait quatre heures de sommeil, il pourrait arriver chez elle à 9 h 30.
ÇA VA ME FAIRE MODIFIER MA RÉSERVATION. JE SOUHAITE OCCUPER LA CHAMBRE DÈS CE SOIR. JE SERAI LÀ DANS QUATRE HEURES.

DEBOUT !
ALLEZ, DEBOUT !
NON.
SORS DE CE LIT. METS TES VÊTEMENTS.
QU'EST-CE QUE TU VAS FAIRE ?
LÈVE-TOI.
LA SALOPE. LA PETITE SALOPE, ELLE M'A BALANCÉ.
NE PENSE PAS À ÇA, GEORGE. SORS DE CE LIT. NE ME FAIS PAS PERDRE PATIENCE.
C'EST LE FRIC QUE TU VEUX, SINON JE SERAIS DÉJÀ MORT.
C'EST EXACT.
ÇA SIGNIFIE QU'ON PEUT S'ENTENDRE.
PEUT-ÊTRE.
SI JE SUIS MORT, TU N'AURAS JAMAIS LE FRIC. SI JE NE TE DONNE PAS LE FRIC, JE SUIS MORT.
ALORS POURQUOI NE PAS S'ENTENDRE TOUS LES DEUX ? TU AS DÉJÀ PRIS TON PETIT-DÉJEUNER ?

OUBLIE LE PETIT-DÉJEUNER, PENSE PLUTÔT À L'ARGENT QUE TU M'AS VOLÉ.
J'AI FOUILLÉ PARTOUT PENDANT QUE TU DORMAIS. IL N'EST PAS ICI.
OH NON ! ÇA NE VA PAS SE PASSER COMME ÇA, PARKER. JE T'AI PARLÉ DE CONCLURE UN MARCHÉ, UN VÉRITABLE MARCHÉ. JE VAIS T'ACHETER MA VIE, ET LA QUESTION, C'EST JUSTE DE SAVOIR COMBIEN ÇA VA ME COÛTER.
JE VAIS CONTINUER À VIVRE, PARKER, ET ÇA, ÇA VEUT DIRE QUE J'AI BESOIN DE PRENDRE UN PETIT-DÉJEUNER. NE TIRE PAS QUAND JE PASSERAI LA PORTE.
THAK!
OO-OOOHH...!
PARKER, ÇA NE MARCHERA PAS...
MÊME EN ME COGNANT, TU N'AURAS PAS LE FRIC, PARCE QU'À L'INSTANT OÙ JE TE DIRAI OÙ IL SE TROUVE, TU ARRÊTERAS LES COUPS DE PIED ET TU COMMENCERAS À TIRER.
TU NE L'AURAS PAS COMME ÇA, PARKER, JE TE JURE QUE TU NE L'AURAS PAS.
TU AS PEUT-ÊTRE RAISON. DEBOUT.

BIEN SÛR QUE J'AI RAISON. LAISSE-MOI JUSTE ME PRÉPARER UN PETIT-DÉ...
GEORGE...
GEORGE, RÉVEILLE-TOI.
SLAP
Parker gifla George et appela encore son nom.
Pas la moindre réaction. Parker allait donc devoir patienter.
Ce n'était pas grave. Il avait tout son temps.

GEORGE ! GEORGE, LÈVE-TOI !
GEORGE, TU DOIS TE RÉVEILLER ! IL Y A UN TYPE QUI EN A APRÈS TOI ! IL S'APPELLE LYNCH !
IL ME CONNAÎT SOUS UN AUTRE NOM.
VOUS !
VOUS AURIEZ DÛ TÉLÉPHONER. VOUS NE SERIEZ PAS DANS LE PÉTRIN MAINTENANT.
CE QUE J'AI FAIT, JE NE POUVAIS PAS LE LUI RACONTER... PAS COMME ÇA, PAS AU TÉLÉPHONE...
LES GENS QUI AGISSENT SANS RÉFLÉCHIR S'ATTIRENT TOUJOURS DES ENNUIS.. LEVEZ-VOUS DE LÀ.
NE LUI FAITES PAS DE MAL, PAS À CAUSE DE MOI. JE VOUS EN PRIE. GEORGE, RÉVEILLE-TOI ! GEORGE ? GEORGE ?

IL EST VIVANT. NE VOUS INQUIÉTEZ PAS POUR LUI.
QU'EST-CE QUE VOUS LUI AVEZ FAIT ?
VOUS N'AURIEZ PAS DÛ REVENIR ICI.
QU'EST-CE QUI SE PASSE ? DANS QUOI JE ME SUIS FOURRÉE ?
GGHNN...
GEORGE, GEORGE, RÉVEILLE-TOI, JE T'EN SUPPLIE RÉVEILLE-TOI !
SORTEZ D'ICI. VOUS ÊTES ARRIVÉE AU MAUVAIS MOMENT.
Parker savait qu'ensuite, elle allait se mettre à crier, et ça, il ne pouvait pas se le permettre.
SLAP

GEORGE...
GEORGE, RÉVEILLE-TOI ET ÉCOUTE-MOI.
GEORGE ? TU M'ENTENDS ?
UNN-NN...
EST-CE QUE TU M'ENTENDS, GEORGE ?
OHH...
C'EST PARKER. TU SAIS QUI JE SUIS ?
OUI.
TU M'AS PRIS DE L'ARGENT. TU T'EN SOUVIENS ?
OUI.
OÙ EST-IL, CET ARGENT ? L'ARGENT QUE TU M'AS PRIS.
JE NE SAIS PAS.
QU'EST-CE QUE TU AS FAIT DE CE FRIC ?
LAISSÉ CHEZ ED SAUGHERTY.
QU'EST-CE QUE ED SAUGHERTY A FAIT DE L'ARGENT ?
IL L'A CACHÉ.
IL L'A CACHÉ À TA DEMANDE ?
OUI.

D'OÙ CONNAIS-TU ED SAUGHERTY ?
DU LYCÉE.
TU ÉTAIS CHEZ ED AVANT DE VENIR ICI ?
OUI.
POURQUOI EN ES-TU PARTI ?
MATT ROSE ÉTAIT SUR MES TRACES.
COMMENT SAIS-TU ÇA ?
IL A DÉMOL BARRI.
BARRI DANE A DIT QUELQUE CHOSE À MATT ROSE ?
LE NUMÉRO DE ED.
ROSE POURRAIT RETROUVER ED GRÂCE À CE NUMÉRO ?
OUI.
OÙ HABITE ED SAUGHERTY ?
PHILADELPHIE.
Encore de la route. Cent cinquante bornes cette fois. Si tout ça n'était pas aussi pénible, ça en serait presque devenu comique.
Rose avait une journée d'avance sur lui. Avait-il déjà récupéré l'argent chez ce Ed Saugherty ?

QUI D'AUTRE EN DEHORS DE TOI, MOI, ED ET ROSE EST AU COURANT POUR LE FRIC ?
PERSONNE.
TU N'AS VU PERSONNE D'AUTRE ?
NON.
ALLÔ ?
ED SAUGHERTY ?
C'EST MOI, OUI.
J'APPELLE DE LA PART DE GEORGE.
VOUS SAVEZ DE QUI JE PARLE ?
BIEN SÛR. OÙ IL EST, GEORGE ?
IL PENSE QUE C'EST PLUS SÛR POUR VOUS DE NE PAS LE SAVOIR.
MAIS IL VOUDRAIT L'ARGENT. VOUS SAVEZ, LA VALISE ?
LA VALISE ? OH OUI, LA VALISE.
La voix semblait hésitante. Et elle rappelait à Parker quelque chose ou quelqu'un.
IL VEUT QUE VOUS L'APPORTIEZ À NEW YORK.
BIEN SÛR. OÙ EST-ELLE ?
Ce n'était pas Saugherty. Saugherty était bien la seule personne sur terre à savoir où se trouvait l'argent.
Soudain, Parker reconnut la voix et il raccrocha sans dire un mot de plus.
C'était la voix de Paul Brock.

Parker ne pouvait pas laisser Uhl ici, pour l'avoir ensuite sur son dos une fois les effets de la drogue dissipés. Et pas question de le trimbaler avec lui sur la route.
Mais il ne pouvait pas le tuer dans l'appartement, sauf s'il était prêt à tuer aussi Joyce Langer. Et ça... il n'y était pas prêt.
Son seul crime avait été la stupidité et il ne voulait pas perdre plus de temps avec elle. Il appellerait le concierge un peu plus tard pour qu'il vienne la détacher.
Alors, il allait devoir emmener Uhl et finir la besogne en cours de route. Ce qui était un peu compliqué, mais pas impossible.
POLICE
STATE OF N.Y
NO TRESPASSING
PENALTY OF LAW

Parker arriva dans cette partie des marais du New Jersey où s'échouait, au fil du temps, tout un tas de choses dont on ne voulait plus à New York.
George Uhl ne serait pas le premier homme à y échouer à son tour.
PAS COMME ÇA.
CRUNCH
UNNNHH....

Samedi après-midi, 13 h 20.
C'était le pire endroit et le pire moment pour régler une affaire privée, et Parker le savait. Il ne pouvait pas repartir. Il ne pouvait pas rester. Il ne pouvait pas entrer par la force.
BONK
BONK
Ce qui ne lui laissait qu'une chose à faire.

ALLÔ, BROCK, C'EST PARKER. PASSE-MOI ROSE.
===
ALLEZ, BROCK, ON EST TOUS PRESSÉS D'EN FINIR. ALORS PASSE-MOI TON CHÉRI.
PARKER ?
ROSE ?
OUI. C'EST VOUS QUI AVEZ APPELÉ TOUT A L'HEURE ?
OUI. ET J'AI UHL AVEC MOI.
J'AI UTILISÉ VOTRE SÉRUM SUR LUI. ALORS, À PRÉSENT, JE SAIS OÙ ON EN EST. JE SAIS QUE J'AI BESOIN DE SAUGHERTY.
ÇA, C'EST SÛR. DÉSOLÉ, MON CHÉRI, MAIS IL N'EST PAS À VENDRE.
MAIS VOUS AVEZ BESOIN DE UHL. VOUS N'AVEZ PAS L'ARGENT, ET VOUS NE L'AUREZ PAS SANS UHL. TOUT COMME JE NE L'AURAI PAS SANS SAUGHERTY.
VOUS PROPOSEZ UN MARCHÉ ?
CINQUANTE-CINQUANTE. MIEUX VAUT RÉCUPÉRER CHACUN LA MOITIÉ PLUTÔT QUE RIEN DU TOUT.
SI C'ÉTAIT LE CAS, VOUS AURIEZ DÉJÀ L'ARGENT ET VOUS NE SERIEZ PLUS LÀ.
PEUT-ÊTRE. PEUT-ÊTRE QUE JE N'AI PAS BESOIN DE UHL.
ET VOUS VOULEZ QU'ON S'Y PRENNE COMMENT ?

ON SE RENCONTRE ET ON DISCUTE. ON SE FIXE UN RENDEZ-VOUS ET...
POURQUOI NE VENEZ-VOUS PAS ICI ? ON PEUT TROUVER UN MOYEN DE VOUS FAIRE ENTRER SANS COURIR DE RISQUES.
SI JE VOUS PROMETS QU'ON NE TENTERA RIEN, MA PAROLE NE VOUS SUFFIRA PAS, J'IMAGINE ?
NON.
D'ACCORD. À VOUS DE ME DIRE, ALORS.
IL Y A UNE VOITURE DANS LE GARAGE ?
HEIN ? OUI.
SORTEZ-LA. GAREZ-LA DEHORS. LAISSEZ LA PORTE DU GARAGE OUVERTE.
J'ENTRERAI DIRECTEMENT. SUR QUELLE PIÈCE DONNE LE GARAGE ?
LA CUISINE.
RESTEZ TOUS LES DEUX ASSIS DANS LA CUISINE, LES MAINS BIEN EN VUE.
JE VIENDRAI SANS ARMES. VOUS POUVEZ GARDER UN FLINGUE POSÉ SUR LA TABLE, SI ÇA PEUT VOUS RASSURER.
ENTENDU. ET UHL ALORS ?
DANS LE COFFRE DE MA VOITURE. NE VOUS EN FAITES PAS, IL EST HORS COURSE.
TRÈS BIEN. C'EST D'ACCORD.
J'ARRIVE TOUT DE SUITE.

Samedi, 13 h 33.
BONK
VRR VRR
BONK
BANG
VRR VRR
VRR VRR

BANG
BANG BANG
VRRRR
VRRRR
BANG
THUMP
VRRRR
MATT ! À L'AIDE, MATT !
VRR
KLONG

PARKER, ESPÈCE D'ORDURE !
BANG
BANG
BANG
BANG
SHRKK

BANG
THUMP
...NNGGGHH...
TU M'AS BRISÉ LE DOS.
TU AS EU DE LA CHANCE. J'AURAIS PU T'AVOIR, MAIS TU AS EU DE LA CHANCE.
J'AURAIS DÛ TE TUER QUAND JE T'AVAIS À MA MERCI.

MATT ?
OÙ EST ED SAUGHERTY ?
VOUS !
OÙ EST ED SAUGHERTY ?
VOUS AVEZ SACCAGÉ MON APPARTEMENT. POURQUOI AVOIR TOUT DÉTRUIT ?
OH NON !
NE ME TOUCHEZ PAS, ÇA ME FAIT MAL !
ALORS, SOIS ATTENTIF.
OÙ EST MATT ?
EN HAUT, IL A LE DOS CASSÉ. VOUS AVEZ TOUS LES DEUX BESOIN D'UN MÉDECIN. OÙ EST ED SAUGHERTY ?

MORT.
POURQUOI ?
IL A ESSAYÉ DE LUTTER AVEC MATT.
MATT S'EN EST PRIS À SA FEMME, IL A ESSAYÉ DE LE...
MATT S'EST MIS À LE FRAPPER ET APRÈS IL NE S'EST PLUS ARRÊTÉ.
J'AI ESSAYÉ DE CALMER MATT, MAIS IL A CONTINUÉ À S'ACHARNER SUR CE PAUVRE CRÉTIN. SON CADAVRE EST LÀ-BAS, AU FOND DE LA CAVE.
ET L'ARGENT ?
LA FEMME NE SAIT RIEN. MATT L'A TORTURÉE POUR QU'ELLE PARLE, MAIS ELLE NE SAVAIT RIEN.
JUSTE QUE UHL A TÉLÉPHONÉ HIER, ET QU'APRÈS ÇA, ED EST SORTI AVEC UNE VALISE ET QU'IL EST REVENU LES MAINS VIDES.
ELLE NE SAIT PAS OÙ IL EST ALLÉ ?
SI ELLE LE SAVAIT, ELLE L'AURAIT DIT À MATT. ELLE LE LUI AURAIT DIT, VRAIMENT.
EH BIEN, ON PEUT DIRE QUE VOUS AVEZ RÉUSSI VOTRE COUP, TOUS LES DEUX. SALUT, BROCK.
PARKER !
VOUS N'ALLEZ PAS NOUS LAISSER AUX MAINS DES FLICS, QUAND MÊME ?
JE VAIS FAIRE BIEN MIEUX QUE ÇA.
JE VOUS LAISSE AUX BONS SOINS DE LA VEUVE DE SAUGHERTY.

Parker sentait que tout ça était vrai.
Ed Saugherty n'avait pas dit à sa femme où il avait planqué le fric et il était mort, ce qui signifiait que Parker n'avait plus aucun moyen de mettre la main sur l'argent.
TIKI
MOTEL
Si Ed avait laissé la valise à un ami, celui-ci la rendrait tôt ou tard à sa veuve. Ou peut-être bien qu'il la garderait pour lui.
Mais quoi qu'il puisse se passer à l'avenir, tout ça arriverait beaucoup trop tard.
Dans l'immédiat, il ne pouvait rien faire de plus.
L'argent avait disparu pour de bon.
Qu'importe, se dit Parker, d'autres casses l'attendaient déjà.
THE END

Aire Noire, c'est la promesse de lecture d'Aire Libre adaptée à la fiction policière : la rencontre du roman graphique et de la littérature de genre, pour mettre en images les classiques du polar, et découvrir les prochains. Là où le roman noir se dessine.

Ce livre est dédié à Abigail Westlake, sans qui il n'aurait jamais existé.
Un immense merci, chère Abby !
Merci à Stéphane et à Olivier, et tout spécialement à Philippe Ghielmetti, qui ont soutenu et encouragé le projet de ressusciter Parker.
Merci à Julie, Anne, Jona, et à toutes celles et ceux de l'équipe que je ne citerai pas mais qui y ont contribué, ils se reconnaîtront.
Impossible de ne pas évoquer ici le regretté Darwyn Cooke, dont l'extraordinaire interprétation graphique de Parker nous a inspiré l'envie de poursuivre sur ses traces.
Et enfin, merci à Donald E. Westlake, dont le regard bienveillant a dû nous accompagner tout au long de la conception de ce livre.

DOUG HEADLINE

À mon fils Maël et mes parents.
Merci aussi à Doug pour sa confiance, et de m'avoir proposé ce projet.
Merci à Olivier Jalabert et Stéphane Beaujean qui ont fait de ce projet un bel album.
Merci aussi à tous ceux qui m'ont soutenu dans les moments troubles que j'ai traversés durant la production de cet album : Michael, Aurore, Seb et Leilia, Romain et Marion, Malo et Madeline, Antoine et Marie, Olivier et Virginie, et ceux que j'oublie sans doute.
Merci aussi aux copains de l'atelier Vermillon qui ont su me distiller les bons conseils.
Et merci à vous d'avoir acheté cet album.

KIERAN

MAQUETTE Philippe Ghielmetti

Cet ouvrage bénéficie d'un tirage de tête numéroté de 1 à 1111 exemplaires.
Il est enrichi d'un dessin inédit, signé et imprimé sur Rives Shetland blanc naturel 250 g.
D. 2025/0089/133
ISBN 978-2-8085-1145-2
Dépôt légal mars 2025 – D. 2025/0089/132
ISBN 979-1-0347-6723-6

Éditions Dupuis s.a., rue Destrée 52, 6001 Marcinelle, Belgique.
Imprimé par Delabie, ZI La Martinoire, bd de l'Eurozone 9, 7700 Mouscron, Belgique.
Achevé d'imprimer en février 2025.

www.dupuis.com

Certifié PEFC
Ce produit est issu de forêts gérées durablement et de sources contrôlées
PEFC/07-31-234
www.pefc.org